もくじ

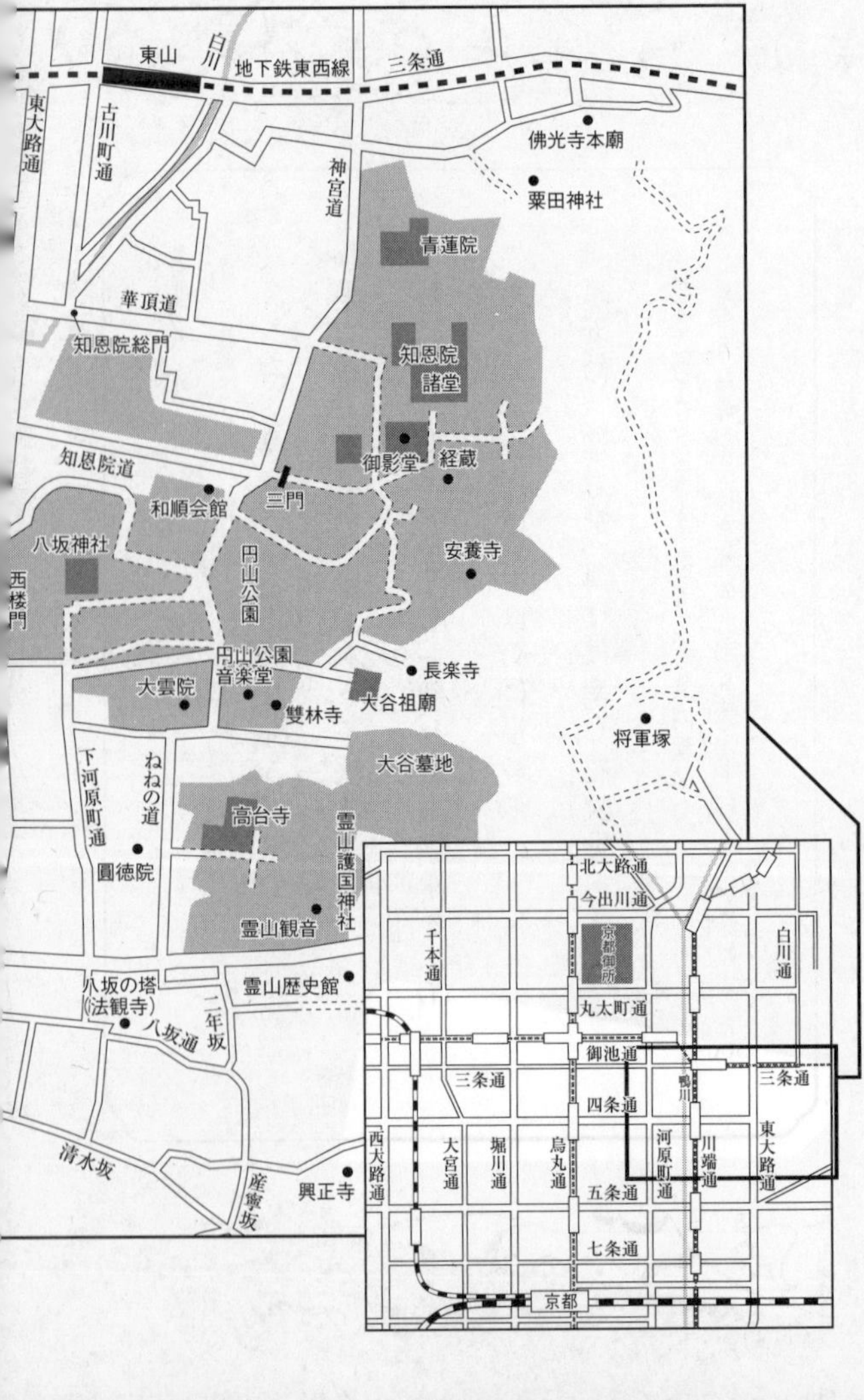
東山
白川
地下鉄東西線
三条通
東大路通
古川町通
佛光寺本廟
神宮道
粟田神社
青蓮院
華頂道
知恩院総門
知恩院諸堂
知恩院道
御影堂
経蔵
三門
和順会館
八坂神社
安養寺
円山公園
西楼門
円山公園音楽堂
長楽寺
大雲院
雙林寺
大谷祖廟
将軍塚
下河原町通
ねねの道
大谷墓地
高台寺
霊山護国神社
圓徳院
霊山観音
霊山歴史館
八坂の塔(法観寺)
八坂通
二年坂
清水坂
産寧坂
興正寺
北大路通
今出川通
京都御所
千本通
白川通
丸太町通
御池通
三条通
鴨川
四条通
西大路通
大宮通
堀川通
烏丸通
河原町通
川端通
東大路通
五条通
七条通
京都

京都祇園もも吉庵のあまから帖5

志賀内泰弘

PHP
文芸文庫

○本表紙デザイン＋ロゴ＝川上成夫

祇園町付近図

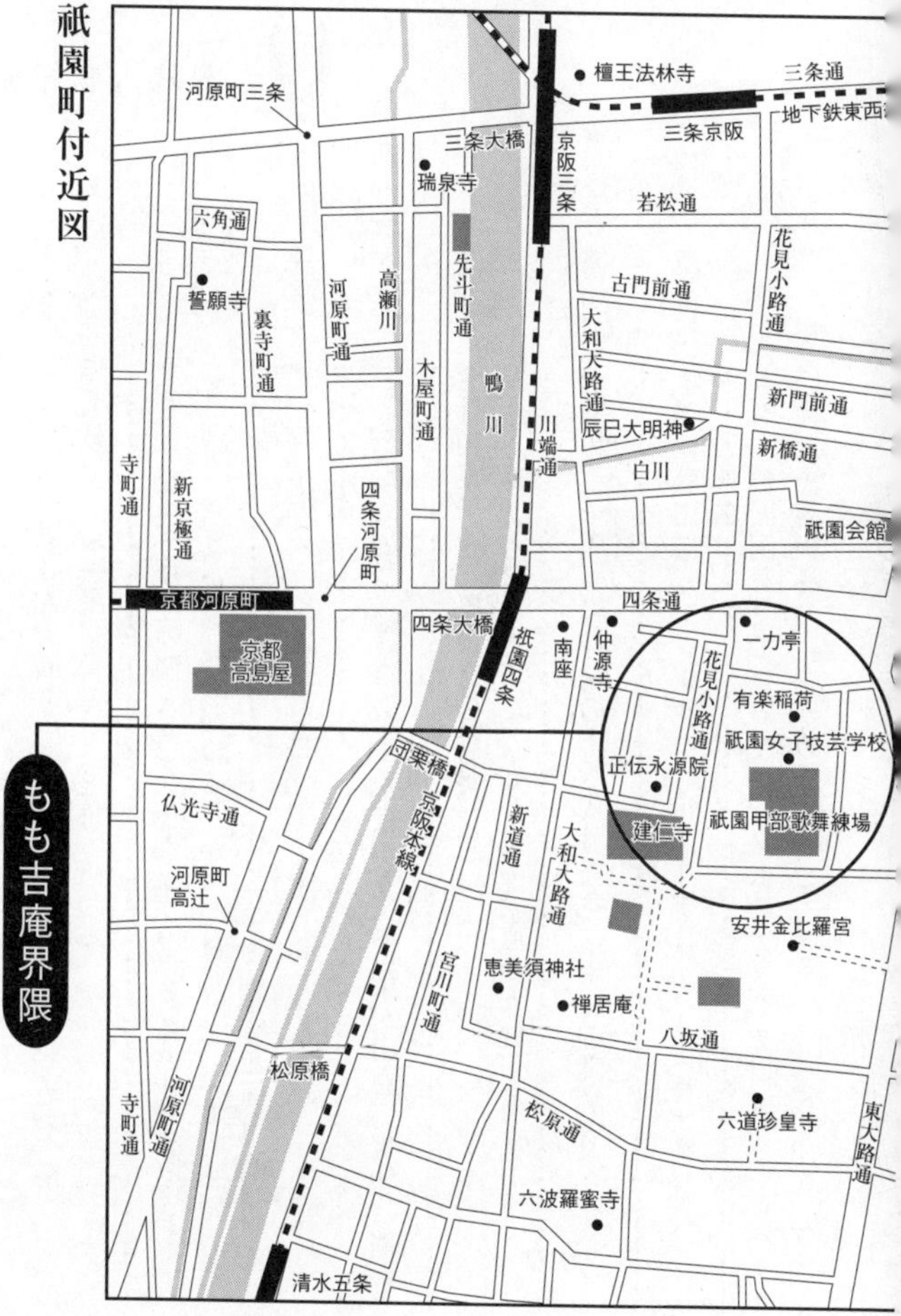

河原町三条
檀王法林寺
三条通
三条京阪
地下鉄東西
三条大橋
京阪三条
瑞泉寺
若松通
六角通
先斗町通
高瀬川
河原町通
誓願寺
裏寺町通
古門前通
花見小路通
大和大路通
木屋町通
鴨川
新門前通
辰巳大明神
川端通
新橋通
白川
寺町通
新京極通
四条河原町
祇園会館
京都河原町
四条通
四条大橋
祇園四条
南座
仲源寺
一力亭
京都高島屋
花見小路通
有楽稲荷
祇園女子技芸学校
団栗橋
正伝永源院
もも吉庵界隈
京阪本線
仏光寺通
新道通
大和大路通
建仁寺
祇園甲部歌舞練場
河原町高辻
安井金比羅宮
宮川町通
恵美須神社
禅居庵
八坂通
松原橋
松原通
六道珍皇寺
東大路通
寺町通
河原町通
六波羅蜜寺
清水五条

登場人物紹介

もも吉《きち》
祇園の〝一見《いちげん》さんお断り〟の甘味処「もも吉庵《あん》」女将《おかみ》。元芸妓《げいこ》で、お茶屋を営んでいた。

美都子《みつこ》
もも吉の娘。京都の個人タクシーの美人ドライバー。ときおり「もも也《や》」の名で芸妓も務める。かつては舞も人気もNo.1だった。

隠源《いんげん》
建仁寺《けんにんじ》塔頭《たつちゅう》の一つ満福院《まんぷくいん》住職。「もも吉庵」の常連。

奈々江《ななえ》
「もも奈《な》」の名で舞妓《まいこ》になったばかり。言葉が出ない症状に悩む。

朱音《あかね》
老舗《しにせ》和菓子店、風神堂の社長秘書。ちょっぴり〝のろま〟だけど心根の素直な女性。

京極丹衛門《きようごくたんえもん》
老舗和菓子店、風神堂の十八代目当主。朱音の理解者の一人。

隠徳《いんとく》
本名は藤田健。フジジャパンホールディングス(株)前社長。

おジャコちゃん
もも吉が面倒を見ているネコ。メスのアメリカンショートヘアーで、好物は最高級品の「ちりめんじゃこ」。

第一話　カキツバタ　母と娘を見守らん

「わあ〜たまらんなぁ。モッチモチにプルプルや」

そう声を上げたのは、建仁寺塔頭《けんにんじたっちゅう》の一つ満福院《まんぷくいん》の住職・隠源《いんげん》だ。その息子で副住職の隠善《いんぜん》も、今にも頰《ほお》が落ちそうという表情で、

「もも吉《きち》お母さん、ほんまに美味《おい》しいです」

と相槌《あいづち》を打つ。

「モッチモチにプルプルやて、おやじにしては上手《うま》いこと言うわ」

「おやじやない、住職と呼べて言うてるやろ」

そう窘《たしな》めつつも隠源は上機嫌で法衣《ほうえ》の袖《そで》をたくし上げ、清水焼《きよみずやき》の茶碗《ちゃわん》のぜんざいを夢中になって食べている。そんな様子を見て、美都子《みつこ》も、

「ほな、うちもいただきます」

と、木匙《きさじ》を取った。


お茶屋の立ち並ぶ祇園甲部《ぎおんこうぶ》の花見小路《はなみこうじ》。

大勢の観光客が行き来する観光スポットだ。

そんな雑踏を逃《のが》れるようにして、細い小路を右へ左へと曲がるとそこは異次元に迷い込んだような別世界になる。間口《まぐち》の狭い町家《まちや》造りのお茶屋や屋形《やかた》が、肩を寄せ

合うようにしてひっそりと佇《たたず》む中に、甘味処「もも吉庵《あん》」はある。

「一見《いちげん》さんお断り」で、表に看板はない。観光客がふらりと訪れても入ることはかなわない。何も京言葉で言うところの「イケズ」をしているわけではない。長く、深い信頼のおけるお付き合いをするため、客はお馴染《なじ》みさんの紹介に限っているのだ。

もも吉を「お母さん」と慕ってくれる花街《かがい》の人たちだけが、唯一のメニューの「麩《ふ》もちぜんざい」を食べにやって来る。

実は、他に目的がある。もも吉に悩み事の相談に乗ってもらうためだ。このインターネットの時代になっても、人と人の心の繋《つな》がりを重んずる花街ならではのことである。

店内は、L字のカウンターに背もたれのない丸椅子《いす》が六つだけ。内側は畳敷きだ。女将《おかみ》であるもも吉が、畳に正座して出迎えたとき、お客様と同じ高さの目線になるようにと設計したという。

もも吉は、カウンターの向こうの畳に背筋をシャンと伸ばして座っている。着物は水色の四つ星小紋《こもん》。帯は黒色の地に疋田源氏車《ひったげんじぐるま》の柄。着物に合わせて薄い水色の帯締めをしている。細面《ほそおもて》に黒髪の富士額《ふじびたい》が若々しい。歳こそ七十を超えているが、還暦《かんれき》そこそこにしか見えない。かつて祇園甲部の舞妓《まいこ》・芸妓《げいこ》として人気を博し、その後はお茶屋の女将を長く務めた。半世紀以上も花街で働き続け、さらに今も踊りやお茶を続けているからに他ならない。

そんな母親を持つ美都子も、十年余り前までは芸妓をしていた。

やや目じりが下がり、いつも微笑《ほほえ》んでいるように見える瞳。スーッと芯《しん》の通った小高い鼻。占いでは「恋多き性格」と言われるぽっちゃりとした唇。生まれながらに人の心を惹《ひ》きつける眉目《びもく》だけでなく、舞の技量も№1で、多くの旦那衆《だんなしゅう》が贔屓《ひいき》にしてくれた。

故《ゆえ》あって今は、個人タクシーのドライバーと、芸妓の二足の草鞋《わらじ》を履《は》いている。もちろん、花街では唯一の稀《まれ》な存在だ。

京都人は日本茶と和菓子ばかりを食べているかと思われがちだが、それは大間違い。意外なことに、「新しもん好き」なのだ。京都はコーヒーやパンの消費量で常に全国上位を争う。町中《まちなか》を歩けば、辻々《つじつじ》と言ってもいいほど、カフェとベーカリーに行き当たる。もも吉も大の新しもん好きで、麩もちぜんざいに毎度、毎度となにかしら工夫を凝《こ》らすので、隠源は殊《こと》のほか楽しみにしている。その隠源が言う。

「ばあさん、お代わりあるか？」

「誰がばあさんやて」

と、もも吉がキッと睨《にら》むと、隠源が首をひょいとすくめる。

「これが小豆《あずき》に絶妙に合《お》うてたまらんのや。ええっと、麩もちと……これこれ」

「これって何や」

「これやがな……ええっとええっと、なんやったっけ」

「杏仁豆腐《あんにんどうふ》のことやろ」

「そうや、それそれ、杏仁や」

隠善が、クスッと笑う。今日の麩もちぜんざいには、麩もちとともに杏仁豆腐が入れてある。それで隠源は「モッチモチにプルプル」と言ったわけだ。もっとも杏仁豆腐は、熱々に出来上がった最後に、茶碗の真ん中にポトンと一欠片《ひとかけら》浮かべてあるので、口に含むと冷やっこい。それがまた一興なのであった。

「ミャ～ウ」

L字のカウンターの、いつもの角の席で丸くなっていたおジャコちゃんが鳴いた。メスのアメリカンショートヘアーだ。ふらりと迷い込んで来たのがきっかけで、もも吉が面倒を見ている。京都名物の「ちりめんじゃこ」が大好物だが、人が美味しそうに食べていると、いかにも「うちにも食べさせてぇな」というような甘えた声で鳴くのだ。隠善が真面目《まじめ》な口調で言う。

「杏仁豆腐が思い出されへんやなんて、おやじ、この頃、ボケたんやないか」

「可哀《かわい》そうになぁ、なんまいだ～なんまいだ～」

と、もも吉がおどけて隠源に向かって手を合わせた。まるで薬師如来《やくしにょらい》にお参りするような素振《そぶ》りで。

「違う違う、ただの度忘《どわす》れや」

隠源は顔を赤らめ、首をブルブルと振って否定する。しかし、もも吉はまたまたわざとらしく哀れみの表情を浮かべて、

「歳取ったら誰でも物忘れは多なるさかい、ボケたんを認めとうない気持ちはわかる。そやけど和尚《おしょう》は最近、『これ』とか『あれ』とか多いんと違いますやろか?」

「たまたまや、わてを年寄り扱いするんやない!」

隠源は、今度は頬を膨《ふく》らませた。

「もも吉かて、人の顔見て名前が出て来んことくらいあるやろ」

「うちはお茶屋の元女将や。お客様の顔と名前は忘れへんのが自慢や」

もも吉はそう言いつつも、宙を見上げて、

「あっ……そう言えば、うちも思い出せへんことがありましたわ」

と漏《も》らした。隠源がすかさず突っ込む。

「それみてみぃ」

「一昨日《おとtoい》のことや、買いもんの帰りに建仁寺さんの境内《けいだい》を横切ったら、花見小路に

通じる門から、なんやえろうフケたよぼよぼの御仁《ごじん》が歩いて来はったんや。向こうはうちの顔見て、『よお、どこ行ってたんや』て声かけてきはって。そやけど、どうしても名前が思い出せへんのや。男前やったら忘れへんのやけどなあ」

「そらそら、もも吉も歳やで」

と隠源が言うと、もも吉は反論もせず、

「そうかもしれへんなぁ」

とすんなり認めたので、美都子はどうしたことかと首を傾《かし》げた。

「『ちょっとそこまで』て愛想《あいそ》笑いしたら『そうか、またぜんざい食べに行くさかい』。『へえ』言うてそのまますれ違ったんやけど、どうしても名前が思い出せへん。そういう時は、なんや喉《のど》の奥に魚の小骨が引っかかったみたいで嫌な気分になりますなあ」

「それでお母さん、その人の名前思い出したん？」

と、美都子は尋《たず》ねた。

「へえ、おかげさんでなぁ、ここに座ってますわ」

と、隠源を指さす、当の隠源は一瞬キョトンとし、からかわれたのだとわかると憮然《ぶぜん》として宙を見上げた。美都子は、これがもも吉と隠源の「いつもの」会話とあきれつつも微笑《ほほえ》んだ。

「美都子、あんた今日はタクシーの仕事お休みやのに、なんや用事で出掛ける言うてなかったか？」

「せやねん、明日のお客様を案内するのに下見しておこう思うて」

隠善が、感心して言う。

「さすが美都子姉ちゃん、仕事熱心なことや」

「それがな、静岡からの女性のお客様でなあ。なんでも老人ホームにいてはるらしいんや。足元がちびっと心許《こころもと》ないさかい、ヘルパーさんに付き添うてもろうて来はるんやて。大田《おおた》神社《じんじゃ》さんと三宅《みやけ》八幡宮《はちまんぐう》さんに行きたいて聞いてるさかい、駐車場の場所や階段、砂利《じゃり》道《みち》とか確認しとかなあかん思うて」

美都子は、日帰りとはいえヘルパーが旅行に同行するとは、近頃の老人ホームのサービスぶりにいたく感心した。おそらく、よほどセレブ向けの施設に違いない。

もも吉が言う。

「大田神社さんのカキツバタは見頃やて聞いてます。老人ホームに入ってはって、ヘルパーさんと一緒に来はるいうんは、息子さんとか娘さんとか身寄りがないんかもしれへん。明日は五月《さつき》晴れやそうやから、あんじょうもてなしてあげなはれ」

「へえ、ちょっと行って来ます」

「お早《はよ》うおかえりやす」


美都子は、準備万端《ばんたん》、京都駅の八条口《はちじょうぐち》に高野勝子《たかのかつこ》を出迎えた。

高野は股関節《こかんせつ》の手術をしてリハビリ中で、車椅子を利用していると聞いている。

そのため予約を受けた個人タクシーの組合が「車椅子の人が乗降《じょうこう》しやすいように」と美都子の車を推薦《すいせん》してくれた。座席がクルッと九十度回転する仕組みになっている福祉《ふくし》車両なのだ。

「高野様、ご予約いただきありがとうございます。本日、ご案内させていただきます美都子と申します」

「名字《みょうじ》じゃなくて、美都子さんとお呼びすればいいのね。どうぞお世話になります」

高野は話し方がとても知的で、笑顔にも教養があふれている気がした。

今回の予約の打ち合わせは、高野が乗る車椅子を押しているヘルパーの若山《わかやま》めぐみと行っていた。その若山がお辞儀《じぎ》をして慎《つつ》ましげに言う。

「今日はお世話になります。よろしくお願いいたします」

若山は還暦を過ぎているようにも見えるが、ひょっとするともっと若く、五十代前半かもしれない。髪が少しほつれていかにも疲れた表情をしている。介護の仕事がたいへんなのは想像がつく。それでも、サッと車椅子を動かし、車のスライドドアにぴたりと寄せた。実にきびきびとしている。

「はい、高野さん、わたしの肩に摑《つか》まってくださいね」

「大丈夫《だいじょうぶ》よ、若山さん。リハビリ頑張っているから、杖《つえ》があればもう一人で歩けるのよ。このくらいは何とも……」

と言い、高野は一人で車椅子から立ち上がろうとした。しかし、顔を一瞬しかめたかと思うと、ふらついてしまった。股関節が痛んだのだろうか。

「あっ」

と美都子が声を上げて駆け寄ったが、それよりも早く若山が高野を抱きかかえた。

「はい、ゆっくりゆっくり行きましょうね」

「若山さん、ありがとう」

高野は若山に身を委《ゆだ》ねるようにして抱きつき、車へと移動した。よほど若山のことを信頼しているように思えた。高野が、美都子のタクシーに無事乗り込むと、若山も反対のドアから後部座席に座った。車をスタートさせながら、美都子は言った。

「ではまず、大田神社にご案内させていただきますが、お疲れやありませんか？どこかカフェで休憩《きゆうけい》してからでなくても大丈夫ですか？」

「いいえ、まったく。奮発《ふんぱつ》してグリーン車に乗ったものだから快適でしたわ。それにね、若山さんがとても気遣いしてくださって。冷えるといけないからって膝掛けを持って来て掛けてくださったり、のど飴《あめ》を用意していてくださったりと本当に有難いのよ。そうそう、水筒に温かいお茶までも。まるで遠足ね」

「いえいえ、仕事ですから」

と小声で言う若山に、高野は、

「でも、ときどき、おせっかいが過ぎることもありますけれどね」

「申し訳ありません、高野さん」

「いえいえ、いつも感謝しているわ」

旅の高揚感《こうようかん》からか、高野は声が弾《はず》んでいて若々しい。美都子は、こんなふうに健《すこ》やかに歳を取れたらいいのにと思って言った。

「高野様は、お歳よりも本当にお元気でいらっしゃいますよね」

「はい、おかげさまで足さえ元通りになれば元気そのものなんですのよ」

「ほんま、とても傘寿《さんじゅ》を迎えられたとは思えません」

傘寿とは数えの八十歳のこと。ヘルパーの若山から電話でそう聞いていたのだ。

「傘寿って？」

高野が戸惑うような声で問い返した。ちょうど信号待ちになり、美都子は後ろを振り返る。すると、高野がいかにも不快そうな顔をしていた。しかし、それは一瞬のことで、美都子の眼を見て言った。

「まあ～嫌だ美都子さん。わたしは五十三歳よ」

それがあまりにも真顔《まがお》なので、美都子は返事に窮《きゅう》した。信号が青に変わり、

「それは失礼しました」

とだけ言い、再び車を発進させた。女性同士でも歳のことを言われるのは好まない人もいる。五十三歳などと冗談を言うのは、そんな気持ちをやんわりと伝えたかったのだろう。それ以上、高野とは年齢の話をしないように心掛けることにした。

高野勝子は、この旅をたいへん楽しみにしていた。老人ホームに入ってから、ほとんど外出の機会がなくなってしまったからだ。ヘルパーの若山から、

「京都へ行ってみませんか？　ご一緒させていただきますから」

と提案されたときには、すぐさま、

「お願い！」

と返事していた。股関節の手術をした医師からも「リハビリにもなるから」とオーケーをもらった。それにしても、若山はよくやってくれる。スーパーへの買い物に同行するときにも、店内は寒くないか、気分はどうかなどといつも気遣ってくれる。そんな甲斐甲斐《かいがい》しい様子を見て、しばしばレジの人に「お幸せですねぇ」と言われる。身内《みうち》の者と勘違いされるのだ。

「はい、到着しました。車の後ろから車椅子を出すので少々お待ちください」

そう言い、ドライバーの美都子がドアを開けて外に出ようとした。高野は「ちょっと待って」と言った。八条口で乗り込むとき、リハビリ中の足に痛みが走ったので、今度はゆっくりと足を動かした。

「いいわ、車椅子なしで頑張って杖をついて歩いてみるから。申し訳ないけど、若山さん、もしもの時のために、腕を取って一緒に歩いてくださる？」

「もちろんです、高野さん。慌《あわ》てずに参りましょう」

大田神社は、上賀茂《かみがも》神社（賀茂別雷《わけいかづち》神社）の境外摂社《けいがいせっしゃ》だ。天鈿女命《あめのうずめのみこと》を祀《まつ》る芸能と長寿の神様である。

まずは参拝して、参道の東にある大田ノ沢へ。勝子は、思わず声をあげた。

「わあ～満開！　よかった！　やっと来られたわ」

池にはカキツバタの群落が、快晴の陽を浴びて眩《まぶ》しいほどに濃い紫に輝いてい

た。国の天然記念物でもある。若山も美都子も口々に、

「まあ、きれい」

「ほんまきれいやわあ」

と、はしゃぐように言った。勝子は、カキツバタを見ると雅《みやび》な雰囲気に浸《ひた》れるのが好きだった。おそらく紫が、宮中で重んじられる高貴《こうき》な色だからだろう。心の中までもがパーッと晴れ渡る気がした。

八条口で美都子に挨拶《あいさつ》をしたときは、口には出さないものの「なんて素敵《すてき》な人なんでしょう」と溜息《ためいき》が出た。

深い襟《えり》のついたシルバーグレーのベストに紺のスーツ。上着の両腕とスラックスの脇には、縦に二本、山吹《やまぶき》色のストライプが走っている。首筋には、高級ブランドのスカーフが、ネクタイのようにキュッと巻かれていた。

とても、個人タクシーの運転手とは思えぬ服装だ。そして、前髪をクルッと小さくカールさせたショートボブヘアに、天使の輪が光っている。まるで、女優さんのようではないか。

ところが、つい先ほど、その美都子に車の中で「傘寿」と言われて耳を疑った。

(どこをどう見たら、五十三歳のわたしがそんな年寄りに見えるというのだろう)

正直、ムッとした。好印象からたちまち大幅に減点だ。でも、そんな不快さも、

カキツバタを目の当《ま》たりにしたら、どこかへ吹き飛んで行ってしまった。そんな勝子の気持ちを知ってか知らずか、美都子は池の方を向いて説明を始めた。

「藤原俊成《ふじわらのとしなり》がこの池の花を愛《め》でてこんな歌を詠《よ》んでいます。神山《こうやま》や　大田の沢のかきつばた……」

美都子が下《しも》の句を口にする前に、勝子は続きを歌った。

「……ふかきたのみは　色にみゆらむ」

美都子が、驚いたように勝子の方を振り向く。若山が言う。

「高野さんは高校の国語の先生でいらしたんですよ」

「そうなの。わたしの得意分野」

と語る勝子に、美都子は、顔を赤らめて答えた。

「どうりで……申し訳ありません。ちょっと知ったかぶりをしてしまいました」

「いいえ、そんなことありませんわ。初めての方と、こうして百人一首で遊ぶように上《かみ》の句と下の句を歌い合えるなんて、素敵なことよ。ありがとう」

「でもわたし、意味があまりわからないまま覚えているだけで、恥ずかしいです」

勝子は、ここぞとばかりに説明した。

「この歌は平安時代の有名な歌人、俊成の『五社百首《ごしやひやくしゆ》』の中に収められている一首ですのよ。神山というのは上賀茂神社のご祭神が神山に降りて来られたということから、大田神社にかかる枕詞《まくらことば》なの。その大田の池のカキツバタは、深く深く神様に清く尊い心でお祈りをするから、今年も美しく紫色の花を咲かせたのでしょう、というような意味かしらね。わたし流の解釈ですけれど」

「勉強になります」

と言い、美都子は感心しきりの様子だ。若山も聞き入っているかと思うと、なぜかしら頷《うなず》いている。どうも以前からこの歌を知っていたような雰囲気《ふんいき》だ。若山は案外、教養深いのかもしれないと思った。その若山が美都子に言う。

「高野さんは、この大田神社にご主人との思い出があるらしいんです」

そう言われて、勝子はますます饒舌《じょうぜつ》になった。

「こっちへ向かう新幹線の中でちょっと話をしたのですけれど、学生時代に主人と初めてデートで来た場所なんです。ちょうどその頃、平安期の文学で和歌の講義があって、俊成の歌が出てきたんです。それで主人と、ゆかりの地へドライブしようということになって、ここを目的にしてやって来たというわけですのよ。ところが、四月の初めで桜はどこもかしこも満開でしたけど、カキツバタには早すぎて。それで、見頃の季節にもう一度来よう、って約束しましたの。お互い、その約束はよく覚えていましたけども、結婚してからは『いつでも行ける』なんて思っていたら、あっという間に時が経って、主人は先に天国へ行ってしまったんです」

「そうでしたか。それはそれはご愁傷《しゅうしょう》様です」

そう言う美都子に、笑って答える。

「あら嫌だ、美都子さん。主人が亡くなったのはもう遥《はる》か前のことですからご愁傷様だなんて、そんなセンチな気持ちはないから大丈夫。でもね、こうしてここに立っていると、あの日の事を思い出すわ」

「高野さん、思い切って来られてよかったですね」

と、若山が涙をにじませて勝子の腕をギュッと摑んだ。

美都子が、そんな若山と勝子の顔を交互に見つめている。そして、首を傾げた。

「美都子さん、わたしの顔に何かついているかしら」

勝子は自分の頰に手をやった。

「い、いいえ。何も……」

勝子はやはり思った。このドライバーは、なんて美しいのだろう。まるで女優のようだ。そんなことを、つらつらと考えていたら、若山が声を掛けてくれた。

「高野さん、リハビリを兼ねての旅行ですから、あんまり初めから飛ばし過ぎるとお疲れになりますよ。そろそろタクシーに戻られませんか？」

「そうしましょう」

と答えると、若山は再び腕を軽く取り、寄り添ってくれた。

「では、先に車へ戻って乗りやすい位置で待機しておりますね」

そう言い駆け出した美都子が、また勝子の顔をチラリと見た。勝子は、その視線が気になって仕方がない。

（変な人ねぇ。でも、安全運転さえ心掛けてくれたらそれでいいわ）

と自分に言い聞かせ、一歩ずつ足元を確かめて駐車場へと向かった。


美都子は、次の目的地へと車を走らせた。

三宅八幡宮へ参拝したいとは、なんとも珍しいリクエストである。よほど詳しい観光ガイドブックでないと紹介されていない。市内中心地から、大原《おおはら》へと向かう街道の途中に位置し、この辺《あた》りを過ぎたところから家並みが著しく少なくなる。かつては都のはずれであった。

謂《いわ》れは古い。推古《すいこ》天皇の時代に、聖徳太子《しょうとくたいし》の命《めい》によって小野妹子《おののいもこ》が遣隋使《けんずいし》として派遣《はけん》される際、道中の九州で病《やまい》に罹《かか》ってしまった。たまたま近くの宇佐八幡宮《うさはちまんぐう》に祈願《きがん》すると瞬《また》く間に全快。大願《たいがん》を果たすことができた。そのため、妹子は無事帰国後、この地に移り住んだ際、宇佐八幡宮を勧請《かんじょう》してお祀りしたのが起源と伝えられている。

美都子は、後部座席の高野勝子に尋ねた。

「あの～やはり三宅八幡さんも、ご主人様との思い出の神社なのでしょうか」

勝子は、運転する美都子に聞こえるようにと、少し大声で答えてくれた。

「あのね、娘に子どもが生まれましてね」

「あら、お孫さんが！　おめでとうございます」

三宅八幡宮は子どもの守り神として知られている。美都子は思った。身寄りがないというのは勝手な思い込みだったと。美都子は、さらに「おや？」と思った。歳からすると、孫ではなく曾孫《ひまご》なのではないかと。

勝子が七十九歳。とすると、娘さんの歳は五十から五十五歳くらいか。孫が二十から二十五歳だろうから、やはり曾孫のことではないのだろうか。二代続けて、四十歳くらいで子どもを産むというのもありえない話ではないけれども……。

勝子は話を続ける。

「孫は可愛いって聞いていましたけど、やっぱり嬉《うれ》しいものね」

「男の子？　女の子？　どちらでいらっしゃいますか？」

「男の子よ」

よほど嬉しいのか、勝子はまくしたてるように話し続ける。

若山はおそらく既に聞いている話なのだろう。チラリとバックミラーを見ると、興味なさそうに車窓を眺めていた。

「でもね……」

と、ここまで話して急に声が低くなった。

「娘が育児ノイローゼになってしまって困り果てているの。とにかく、夜泣きがひどくって何日も眠れないのよ。わたしがこんなふうだから手伝ってもやれなくて」

「それはたいへんですね」

「どうしたらいいのか悩んでいるのよ」

再び、若山をバックミラーで見ると、一瞬、何か言いたそうな顔つきをしていた。だが、再びスーッと窓の外に顔を向ける。美都子が言う。

「ああ、そういうことでしたか。三宅八幡さんが夜泣きに効《き》き目のある神社だからお参りされたかったのですね」

「そうなのよ。たまたまテレビを見ていたらね、京都のご利益《りやく》のある神社やお寺の特集をやっていましてね、疳《かん》の虫《むし》封じにご利益があって信仰を集めているそうなので神頼みしてみようと思いましたのよ」

「それはいいと思います」

三宅八幡宮の神域に入ると、誰もが狛犬《こまいぬ》ならぬ狛鳩《こまはと》に目を留める。

「あら、可愛い」

と、高野が声を上げた。狐がお稲荷《いなり》さんのお使いであるように、鳩は八幡様のお使いなのである。高野は鳩の図柄の絵馬《えま》に、「孫の夜泣きが治《おさ》まり、娘の健康が戻りますように」と書いて奉納《ほうのう》した。

「ほんと、娘さん思いでいらっしゃるのですね」

「嫁《とつ》いだらそれで母親の責任は終わりと思ったら大間違い。そこからが母親の仕事が始まるものですのよ。でもね、ちょっと娘の旦那《だんな》さんが忙しくてストレスが溜まっているらしいのよ。そのことも心配で……」

「きっと、八幡様が願いを聞き届けてくださいますよ」

「そうよね」

高野はそのあと、社務所《しゃむしょ》で子どものようにはしゃいだ。

「まあ、可愛い鈴のお守りね」

そら豆ほどの大きさで白く丸々とした鳩の形をしている。

「あら、おみくじですって。こちらもいただこうかしら、孫のお土産《みやげ》に」

そう言って手にしたのは、陶製の鳩の置物だ。底に穴があいていて、中におみくじが入っている。

「ちょっと失礼します」

美都子は「お手洗いに行ってきます」と言って断り、電話を一つかけた。相手は、母親のもも吉だ。

「なんやの美都子、そないな小声で」

「お母さん、これからもも吉庵へお客様お連れしようと思うんやけど、ええかな」

「大田神社行く言うてたお客様かいな」

「うん、そうやの。それがねえ……なんや妙なの」

「どないしたん、妙て」

美都子は、八条口から三宅八幡宮までの経緯《いきさつ》を簡単に説明した。そして、高野と若山の姿を遠巻きに振り返って見ながら言った。

「その高野さんと若山さんな、耳の形がそっくりなんよ。それだけやない。切れ長の眼ぇもなあ」

美都子は、新緑の木漏《こも》れ日の光の中で、小さな溜息をついた。


若山めぐみは、「これが幸せなんだ。どんなに切なくても、どんなに辛《つら》くても、これ以上を望んでは神様の罰《ばち》が当たる」と思っていた。

ずっと、心配をかけてきた母親に親孝行がしたかった。しかし、あの頃は自分のことだけで精一杯だった。だからこうして母親を連れて、日帰りとはいえ、京都まで来られたことが嬉しくて仕方がない。

若山めぐみ……いや、本名・高野加奈子《かなこ》は、派遣会社に登録してあちらこちらの会社で働いている。一定期間働いては休み、また働いては休むという生活だ。今どきの若い人たちの中には、そういう働き方の人がいると聞いていた。三か月間、自動車製造のラインで深夜作業も含めて猛烈に働き、その稼いだお金で海外を放浪《ほうろう》するのだそうだ。

もちろん、加奈子の場合はそうではない。

加奈子は今年、五十三歳になる。大学を卒業して東京の銀行に勤めた。配属先は、下町の駅前店舗だった。預金窓口の仕事はすこぶる忙しく、お昼の休憩も食事をするとすぐに戻らなければならないほどだった。

それでも、仕事が好きだった。何よりも、お客様に「ありがとう」と言われるのが嬉しかった。ほんのちょっとの気遣いである。例えば、花粉症の時期に鼻水をすっているお客様にポケットティッシュを差し上げたり、顔馴染みのお婆《ばあ》さんに「気を付けて帰ってね」と声を掛けたり。その程度のことにもかかわらず、みんなが喜んでくれた。その「気遣い」は、幼い頃、母親に教えられて身についたものだった。

それが認められたのか、六年目の春に窓口係のリーダーになった。とはいっても、メンバーは女性四人しかいない。その上は、男性の係長だ。三月末で、メンバーの一人が寿《ことぶき》退社していた。やる気満々で望んだ新年度だったが、新入社員に手を焼くことになるとは思いもしなかった。

今でもその名前を忘れることはない。亜沙美《あさみ》は、国立大学の経済学部を卒業して入行し、加奈子の店に配属されてきた。プライドが高く、窓口の業務に不満を抱いているようだった。採用試験の際に面接で「男性と同じようにバリバリ営業をしたい」と言ったという噂《うわさ》が伝わっていた。きっと、希望が通らず不服だったに違いない。

その不服が頻繁《ひんぱん》に顔に出た。最初が肝心と、リーダーの責任として亜沙美の指導に力を入れた。しかし、亜沙美へのお客様からのクレームが相次いだ。

「あの娘《こ》、なんか冷たいのよ」

「この前、『印鑑が違います』って、それだけ言うと書類を押し返して、次のお客さんを呼んでしまうんだからびっくりしたわ」

「『今日は混んでるわね』って言ったら、『なら空《す》いてるときに来てください』って」

常連のお客様が、わざわざ加奈子に愚痴《ぐち》を零《こぼ》しに来た。加奈子は仕事が終わったあと、早く帰りたがる亜沙美を引きとどめて喫茶店に誘った。

「何よりも、まずは笑顔でね。窓口はお店の顔だから」

「ポケットティッシュはわたしたちの裁量でいくらでも渡してもいいことになっているから、風邪気味《かぜぎみ》のお客様に差し上げてね。幼いお子さん連れのお客様にもけっこう喜ばれるわよ」

「雨の日には一言、『お足元の悪い日にありがとうございます』って言うと、笑顔が返ってくるわよ」

などなど……。人と接する仕事は、一番に大切なのは「気遣い」であることを説明した。表情一つ変えずに聞いていた亜沙美だったが、加奈子が話を終えて、

「じゃあ、一緒に頑張りましょう」

と言うと、

「おっしゃりたいのはそれだけですか」

と眼を吊《つ》り上げた。耳を疑ったが間違いではなかった。続けて、

「こんな仕事、やりたいことじゃないんです」

と言い放ち、席を立って店から出て行ってしまった。茫然《ぼうぜん》として、一人その場に取り残された加奈子だったが、翌日、もっと驚くことが待っていた。

亜沙美が出社しないのだ。昨夜のこともあり心配していると、支店長が、亜沙美

が退職届を朝早く提出してもう銀行に出て来ないと言ったという。そのあとがたいへんだった。支店長室に呼ばれて、責められたのだ。

「彼女は昨夜、君に説教されたと言っている。仕事はちゃんとしているのに、なぜきついことを言われなければいけないのですか、と。心当たりがあるでしょう?」

加奈子は、亜沙美にお客様への「気遣い」の大切さを教えたと答えた。銀行員として当然のことだ。ところが、支店長の言葉に唖然《あぜん》とした。

「気遣いは大切ですが、彼女への気遣いがなかったのではありませんか?」

これを機に、加奈子は笑顔で接客することができなくなってしまった。もう会社に行くのも嫌になった。そんな中、加奈子を励ましてくれたのが、係長だった。沢《さわ》口《ぐち》琢《たく》磨《ま》という。琢磨は帰りがけに、「ちょっと時間いいかな」と加奈子を喫茶店に誘った。話は、自《おの》ずと亜沙美のことになる。

「彼女はいい大学を出ていて、窓口の仕事をバカにしていたところがあるよね。どんな仕事でも大切だよね。高野さんはよくやってくれているよ、ありがとう」

さらに、このあとの一言を聞いて涙があふれてきた。

「僕は知ってるよ、高野さんは、気遣いの天才だね」

それから、琢磨とたびたび仕事帰りにその喫茶店で待ち合わせるようになり、それがやがて休日にデートするまでに発展した。そして、プロポーズ。

「加奈ちゃんみたいに気遣いしてくれる人がそばにいてくれたら、どんなに僕は働き甲斐があるかと思うんだ。きっと疲れて帰って来ても、君の笑顔や料理があったら頑張れる気がしてさ。一緒になってくれないか」

銀行には一生勤めるつもりだった。母親が高校の教師をしていたので、同じように定年まで働くことに何の迷いもなかった。しかし、琢磨の強い望みもあり、銀行を退職して家事に専念することにした。

結婚すると、すぐに赤ちゃんができた。

銀行での出来事が嘘《うそ》のように、幸せな毎日だった。幸せな人生を送れるようにと、子どもには幸一《こういち》と名付ける。実家の父も母も、初孫《ういまご》の誕生を喜び可愛がってくれた。

だが、少しずつその幸せに陰《かげ》りがさしてくる。

それは、子どもが生まれて二か月目のことだった。夫の琢磨は人事異動で支店長代理へ昇格した。新しい勤務先の店舗は、自宅から通勤するにはかなり遠かった。琢磨は母親を小学校のときに、さらに父親を大学在学中に亡くしていた。両親が残してくれた一戸建ての家に愛着があるらしく、引っ越しするのを嫌がった。

「体力には自信があるから平気だよ」

と、腕に力こぶを作って言った。そして片道二時間近くかけて通うことを決めた。

しかしそれはあまりにも負担が大き過ぎた。栄転したばかりで意気込んでいたこともあるだろう。支店では、誰よりも早く出社する。家を出るのは朝の五時五分。帰りは誰よりも遅く支店を出るので、帰宅が午前様というのも珍しくはなかった。

やがて常にイライラして、何を話しても「明日にしてくれ」と言うようになった。一緒に生活をすれば、いろいろと相談したいことも出てくる。ましてや、加奈子にとっては、知らない土地だ。町内会のことやご近所付き合いには、小さい頃からこの家に住んでいる琢磨に聞かなければ決められないことが多い。土日にまとめて相談しようと思うのだが、疲れてベッドから起き上がらず、「あとにしてくれ」と言う。さらに、休日出勤することもあった。

そんな生活の中、琢磨は幸一の夜泣きに腹を立てた。

「うるさい！　泣き止《や》ませろ!!」

プロポーズしてくれたあの日の琢磨とは別人になっていた。

「明日は大事な接待なんだ。お前も銀行にいたんだからわかってるだろう」

と怒鳴られた。仕方なく、幸一を抱いて真夜中に近くの公園へ出掛けた。木枯《こが》らしの吹き始めた頃だったが、慌てて出てきたのでコートを羽織《はお》ってくるのを忘れてしまった。家に戻ればまた怒られる。仕方なく、自分のトレーナーを脱いで幸一をくるんでやった。

しばらくして、パトロール中のお巡りさんに声を掛けられた。

事情を話すと、「それはお気の毒に」と哀れみの表情を浮かべ、ポケットから使い捨てのカイロを出して渡してくれた。さらに、「鼻水も拭《ふ》いた方がいい」とポケットティッシュまでも。いつも窓口でお客様にあげていたポケットティッシュ。それがこんなにも有難く思えるとは……。それでも、仕事を頑張っている琢磨のために辛抱《しんぼう》しようと思った。今、自分にできるのは、「自分と子どもが家にいない」という「気遣い」なのだと信じて……。

ある日、琢磨から投げつけるように言われた言葉に、頭の中が真っ白になった。

「なんで俺がお前と結婚したかわかってるのか」

「気遣いがいいって言ってくれて……」

「その通りだ、俺が仕事に集中できるように気遣いしてくれると思ったからだ。それが今はどういうことだ！」

顔を合わせると、怒鳴られる。

そんな日々が続き、加奈子はいつしか心を病んでしまった。

久し振りに母親が訪ねてきたとき、家の中は台所のシンクも洗濯物もたまったままで汚れ放題だった。

「なんで知らせないのよ、こんなになるまで……」

母親は、そこまで言いかけて止めた。おそらく、加奈子が母親に心配をかけまいとして黙っていたことを察してくれたからだろう。

有無を言わさず、加奈子と幸一は静岡の実家へ連れて行かれた。前の年に、やはり高校の教師をしていた父親が病気で亡くなり、母親は一人暮らしだった。心身ともに衰弱していた加奈子は、すぐに入院。その間、幸一は母親が面倒をみてくれた。ちょうど高校が夏休みの期間中だったことが幸いした。結局、それが因《もと》で夫とは離婚した。加奈子は「うつ」症状が長引き、退院はしたものの働くことも子育てを満足にすることもできなかった。母親は、加奈子と幸一の面倒を看《み》るため、学校に休職届を出した。

「母親に恩返しがしたい」

加奈子はずっとそう思って生きてきた。

治療には二年ほどかかったが、幸一の世話も自分でできるようになった。すると、母親が言った。

「健康な人が家にいちゃダメよ。働きなさい」

そう言われて、地元の信用金庫の契約社員の面接を受けた。窓口業務の担当だったが、なかなか笑顔を取り戻すことができなかった。「気遣い」をすることがトラウマになってしまったのだ。それでも、少しずつ昔の自分を取り戻していった。しばらくぶりではあったが、再び仕事が楽しくなった。

母親は何でも手際よくこなすことが大の自慢だった。何か手伝おうとしても、

「加奈子は加奈子の好きなことをしていていいわよ」

と言い、さっさと片付けてしまう。親孝行したくても、させてもらえないのだ。

そんなまま二十年余りの歳月が流れた。

幸一は、東京の大学を出て鋼材を扱う商社に就職した。

母親は、七十七歳の誕生日に突然、加奈子に宣言した。

「わたしはあなたの世話になりたくないの。だから老人ホームに入るわ」

と言い出した。加奈子は猛烈に反対した。

「永遠の別れではないのよ、老人ホームって言っても、いつでも会えるんだから。外泊だって自由だし、毎日ご飯を作らなくてもいいのが嬉しいしね」

「料理ならわたしが作るから……」

「わたしはね、この先、足腰が不自由になったとき、あなたに面倒をかけたくない

のよ」

世話をしたい。

恩返ししたい。

それが加奈子の気持ちだった。しかし、引き留めるも何も、もう勝手に契約を済ませて引っ越すばかりになっていた。それならと、加奈子は休みの日ごとに好物の甘い物を持って頻繁《ひんぱん》にホームを訪ねることにした。羊羹《ようかん》、甘納豆……濃いお茶を淹《い》れて、二人で食べながらのおしゃべり。こんなにも母親と向き合って話をしたことはなかった。

真似事《まねごと》ではあるが、それが今の自分にできる最大の「親孝行」だと思った。

母親が老人ホームに入って三月目《みつきめ》のことだった。

「元気？」

と言って部屋に入ると、母親がキョトンとしてこちらを見た。

「どなたでいらっしゃいますか？」

「え？……」

最初は、冗談かと思った。

「わたしよ。加奈子じゃないの」

テレビのドラマで、こんなシーンを見たことがあった。でも、それは他人事《ひとごと》と思っていた。それがまさか……現実になろうとは。

「加奈子ですって？　娘がそんなに老《ふ》けてるはずがないわ。おかしなこと言わないでくださいな」

認知症と診断された。それも急速に進んでいるという。面会に行き部屋に入ると、

「どちら様か存じませんが、勝手に入って来ないでください」

とキッと睨まれた。

「加奈子よ」

と言うと、急にワーッと奇声を上げ、

「出ていけー」

と布団《ふとん》にくるまる。そんなことの繰り返し。面会すらもままならなくなってしまった。やむをえず、方便《ほうべん》を使うことにした。

「私、このたび高野さんを担当させていただくことになりましたヘルパーの若山めぐみと申します。よろしくお願いいたします」

偽名《ぎめい》である。

「あら、そうだったのね、いやねぇわたしったら。ごめんなさいね、てっきり悪い人が財布を盗みに来たのだとばかり思い込んでしまって」

それまでに何度も、指輪とか財布とが失《な》くなったと騒いでは、職員の方に迷惑をかけていた。もちろん、本人の思い違いだ。

加奈子は、泣き出しそうになるのを精一杯に堪《こら》えた。

「美味しいですわ、このお菓子」

勝子は、美都子に勧められるまま三宅八幡宮の参道にある茶屋で一服した。そこで出されたのが、「鳩もち」だった。これを「素朴《そぼく》」というのだろう。鳩の形をしていてとても可愛い。白色とニッキ味の茶色、そして抹茶《まっちゃ》の三種類がある。

「抹茶も美味しかったけど、もう一つ、白いのもいただこうかしら」

みたらし団子のような弾力《だんりょく》で、よく噛《か》んでいると甘味が口の中に広がる。

「わたしも大好きなんです」

と、美都子が言う。その時だった。若山が、

「あら、綻《ほころ》びているわ」

と言い、勝子がいつも肌身離さず持ち歩いている、テーブルの上に置いた巾着《きんちゃく》袋《ぶくろ》に手を伸ばした。勝子は慌てて、その手を払って巾着袋を抱きしめた。

「何をするの！」

若山はビクッとして手を引っ込める。

この巾着は、勝子にとって大切なものだ。淡い山吹色で今も古びて見えない。娘の加奈子が高校二年のとき、二人で一緒に作ったものだった。

娘は針仕事が苦手だった。というより、やろうとしない。ボタン付け一つ満足にできず、いつも「お母さ〜ん、取れちゃった。付けといてよ」と甘えていた。小学校の家庭科で習ったはずなのに、よほど不器用なのか。

覚えさせようとなんとか言いくるめ、二人で一緒に巾着袋を作ることにした。勝子の母が持っていた着物を裁断し、手を取って縫い方を教えながら拵《こしら》えたのだ。せっかく出来上がったのに、「こんな古臭い物いらない」と言うので、勝子がいまだに大切に使っている。

そんな思い出の品であることを知らない若山が、また手を伸ばした。

「あの……口のところが綻びていたから繕《つくろ》って差し上げようかと」

「いいの、これは誰にも触らせない」

一瞬、シーンとなった。勝子が、冷静さを取り戻そうと努めて、

「ああ、美味しいわねえ」

と言うと、若山も、

「出過ぎたことをしました。ごめんなさい」

と謝った。

たしかに若山は気遣いができる。それはとても嬉しい。でも、ときおりそれが出過ぎて「おせっかい」になるのだ。肉親ならそれも許せる。なぜなら、それは愛情だからだ。この中には、大切なものが仕舞《しま》ってある。誰にも触らせないし、見せたくもない。

若山はときどき、ボーッとしていることがある。つい先ほども、タクシーの中でドライバーさんと話をしている最中、会話に入ることなく窓の外を夢うつつのように眺めていた。それは今日に限ってのことではない。ホームではしばしばなのだ。おそらく、何か人に言えない悩みがあるのだろう。

巾着袋には、特に高価なものが入っているわけではない。父の形見のネクタイピン。夫の使っていた万年筆。家族三人で軽井沢へ旅行に出掛けたときの写真。娘が小学校のときにくれた誕生日プレゼント……などなど。

どれも大切な、大切な思い出だ。

高野加奈子は、食べかけの「鳩もち」を前にして、言葉を失った。母親の勝子が巾着袋を大事に抱きかかえる姿を見て、身がよじれるほど辛かった。それは高校二年のとき、針仕事の得意な母親に教えてもらい一緒に作ったものだったからだ。

加奈子は洋裁が大の苦手《にがて》だった。物事は下手だと嫌いになる。嫌いだから遠ざける。すると、もっともっと苦手になる。そんな加奈子のことをよく理解していた母親は、ある作戦にうって出た。

「加奈子、これ覚えてるでしょ」

と言い、目の前に差し出されたのは、「お手伝い券」と書かれた紙切れだった。

懐かしいというよりも恥ずかしくて顔から火が出そうだった。小学三年生のとき、母の日に何かプレゼントをしたいと思った。でも、お小遣いは使ってしまって残っていない。父親にお金を貸してほしいと頼んだら、「いい方法があるよ」と教えてくれた。それが「お手伝い券」だ。

学習ノートのページをはがして、お札くらいのサイズにハサミで切る。そして、鉛筆で十等分に線を引く。その十か所に、こんなことを書くのだ。

「お買い物に行ってくる券」「肩たたき券」「お風呂のおそうじ券」……。九個書いたところで鉛筆を持つ手が止まってしまった。もう何をお手伝いしたらいいか、思い浮かばなくなってしまったのだ。そこで「なんでもする券」と書いた。

これを母親にあげたときには、ものすごく喜んでくれたものだ。でも、「大事にするわね」と言い、一度も使ってくれなかった。「それじゃあ困るの！」と言ったが、「加奈子のその気持ちが一番嬉しいプレゼントよ」と言われたことを覚えている。

　その「お手伝い券」を、なんと八年も経ってから目の前に差し出されたのだ。

「ここに『なんでもする券』っていうのがあるのよ。これ使わせてもらうわね。い〜い加奈子、今からお婆ちゃんが昔使っていた着物で、巾着袋を作るから、手伝ってちょうだい」

　もう降参するしかなかった。

四苦八苦して巾着袋が完成した。慣れないことに疲れ果てて、逃げ出そうとしたら呼び止められた。

「ついでだから、ボタン付けも教えてあげるわ」

「え〜もういい、面倒くさい」

そう答えたものの、有無を言わさず針を持たされた。

「い〜い。あなたのお婆ちゃん、わたしのお母さんから教えてもらった付け方よ。家庭科で習うものとは違うから、よく見ててね」

「え〜そんなにグルグル巻くの？」

「これはね、見てくれよりも実用優先の止め方なのよ。ボタンはすぐ取れちゃ困るでしょ。さあ、やってみなさい」

はっきり言って、難しかった。普通の人には容易《たやす》いのかもしれない。手先が不器用な自分は、イライラするばかりだった。「もういい」と言うのに、「もう一度」「もう一度」と何度もやらされた。そのせいで、巾着袋に十個もボタンが付いてしまったのだ。母親は、

「ボタンがいい飾りになったわね」

と満足げだった。でも、そのおかげで、加奈子はそのすぐあと、学校でいい思いをすることができた。

クラスの男子二人が、昼休みに遊び半分でプロレスか柔道かわからないけど、技をかけ合っていた。その一人は、加奈子が「ちょっといいな」と思っていた子だった。その男子が、グイッと引っ張られて抵抗した際に、詰襟《つめえり》の制服のボタンが二つも取れて、宙に弾き飛ばされた。普段なら、「あ〜あ」と声を上げただけだったろう。でも、母親にボタン付けの特訓を受けたばかりである。さらに、「いざというときのために持っていなさい」と、無理矢理、ミニ裁縫セットを学生カバンの中に入れられていたことが功を奏《そう》した。

「ちょっと貸して」

と言い、スイスイーッとボタンを付けてあげると、

「高野スゲー」

と感心されてしまった。顔が真っ赤になり、もともと好意を持っていることを悟られないようにするのでたいへんだった。

その巾着袋が、目の前にある。

巾着袋には側面の中ほどに、飾りの貝ボタンが付いている。両側に五つずつ一列に。母親が、今でも大切に使ってくれていることは嬉しい。でも、それに触れることすら許してもらえない。

辛い。

苦しい。

目の前にいるのは娘なのに、他人のフリをしなくてはならないなんて……。

お昼は、ドライバーの美都子にお勧めのお店を予約してもらっていた。母親は、最近、食が細くなったのでお腹《なか》にやさしいものをと頼んでおいたら、湯豆腐のお店に案内してくれた。

「南禅寺《なんぜんじ》 順正《じゅんせい》」

である。豆腐は日頃よく食べているはずなのに、こんなにも美味しいとは驚いてしまった。甘みがあり、さらにあとから大豆のほんのりとした苦みが追いかけるように鼻に香る。加奈子は、母親が「あ～美味しい。お腹が喜んでますわ」と何度も言うのを聞いて、幸せな気分になった。

食後、美都子が言う。

「もしよろしければ、このあと、わたしの一番お勧めの甘いもんを食べさせてくれるお店にご案内してもよろしいでしょうか？」

母親が尋ねる。

「甘いものって何ですの？」

「麩もちぜんざいです」

「え、ぜんざいですって！　大好物よ。ぜひ、お願いします。若山さんも以前、好きだっておっしゃってたわよね」

「はい」

加奈子も気疲れしており、ちょうど甘いものが食べたいと思っていたところだった。

目の前には、ガイドブックやテレビで見たことのある風景があった。

お茶屋の立ち並ぶ祇園甲部の街並み。加奈子は、今にもふいに、舞妓さんが現れそうに思えた。

駐車場でタクシーを降り、加奈子は母親の乗った車椅子を押して進んだ。美都子が、二人を先導して、花見小路の石畳《いしだたみ》をゆっくりゆっくりと振り返りながら歩く。

「かんにんしておくれやす。細い路地《ろうじ》ばかりで車が入れやしまへんさかい」

「いえいえ、おぜんざい、楽しみです」

と母親が車椅子から美都子に言う。

左へ右へと小路を曲がると観光客の姿が見えなくなった。美都子が、手で指し示した。

「ここどす」

加奈子は、敷居《しきい》の高そうな門構えに驚いた。母親も「ここはどこ？」という表情をしている。美都子が格子戸《こうしど》を開けると、転々と飛び石が続く。母親には車椅子から降りてもらい、杖を渡した。そして、腕を取って足元に気を付けながら奥へと進んだ。上がり框《がまち》で靴を脱ぎ、襖《ふすま》を開けると、上品な女性に出迎えられた。還暦を過ぎたくらいだろうか。カウンターの向こう側の畳に座っている。

「お母さん、電話のお客様をお連れしましたえ」

「おこしやす。静岡からやて聞いてます。お疲れでっしゃろ、さあさあ掛けておくれやす」

と、カウンターの丸椅子へと案内された。

加奈子は、ハッとした。美都子の言葉遣いがいつの間にか変わっている。これまでよりも「はんなり」した雰囲気に変わっている。加奈子は尋ねた。

「今、美都子さんは、『お母さん』とおっしゃいましたけど……」

「へえ、申し遅れました。うちは美都子の母親で、もも吉いいます。この店の女将をしております。うちも美都子も、以前はこの祇園甲部で芸妓をしておりました」

「え⁉」

加奈子よりも先に、母親の方が声を上げた。間もなく、もも吉は奥の間からお盆を運んで来た。

「先に準備してましたさかい、どうぞお召し上がりになっておくれやす」

加奈子は場の雰囲気に臆《おく》していたが、やわらかい湯気《ゆげ》の立つ清水焼の茶碗を見たら、心が和《やわ》らいだ。

「若山さん、せっかくですもの、熱いうちにいただきましょうよ」

「それがよろしゅうおす」

もも吉に勧められて、二人は木の匙を取った。

「ごちそうさまでした。とても美味しくて感激いたしました」

「うちはこれしかメニューがあらしまへんのどす」

母親が驚いて尋ねる。

「え？　麩もちぜんざい一つきりですの？」

「はい。実は、みなさん他に目的があって、麩もちぜんざいを召し上がりに来はるんどす」

「他の目的というと」

「へえ、うちは昔っから、おせっかいが嫌いどした。親切とか心遣いとかは行き過ぎると仇《あだ》になることがありますでっしゃろ。そやけど、この歳になるとお腹に溜《た》めておくのもなんやさかい、思うことは言うてしまおう思うようになりましてなあ。恥ずかしながら舞妓・芸妓、そしてお茶屋の女将として、もう半世紀以上もこの花街で生きてきました。少しは苦労もしてきました。悩み事のある人のお役に立てるんなら、一言でも二言でも、導いて差し上げられたらなぁて。いつしか噂が広がって、悩み事の相談に来られる方が引きも切らずなんどす」

母親が、

「それは素晴らしいことですわ。やはり歳を重ねた方にはなにかしら知恵があります。どのように生きたらいいかというようなことは、いつの時代も変わらないものです。尊敬申し上げますわ」

もも吉は、正座のまま少し首を左右に振って言う。

「いえいえ、尊敬やなんてとんでもあらしまへん。お恥ずかしい限りで」

加奈子は、二人が馬が合った様子なので安心して会話を見守っていた。すると、母親が思わぬことを言い出した。

「もも吉さんにお願いがございます」

「なんでっしゃろ……ええとお名前は」

「勝子と呼んでください」

「勝子さん、どないなことどす？」

母親は、もも吉の方から加奈子へと身体の向きを変えて言った。

「こちらのヘルパーの若山さんには、いつもたいへんお世話になっています」

わざわざ居住まいを正して言うので、加奈子は恐縮《きょうしゅく》してしまった。

「いえいえ……仕事ですから」

「でもね、最近、どこか元気がなくていらっしゃるの。身体のことではなくて、なんというか、そう悩み事があるのではと思っていますのよ。ごめんなさいね、若山さん、みなさんの前で」

そう言われて、加奈子は戸惑ってしまった。たしかに悩みはある。でもそれは「あなた」のこと。そう、目の前にいる「お母さん」のことでずっと悩み続けているのだ。

「それでね、これがご縁というのかしらね。あなたの悩み事を、もも吉さんに聞いていただいたらいかがでしょう。もも吉さん、よろしいかしら」

再び、もも吉に向き直って言う母親に、もも吉は、

「もちろんどす。若山さんておっしゃいましたなぁ。どうぞ遠慮なく」

美都子も言う。

「よう言いますやろ。人に話すと、それだけで悩み事の半分は軽うなるて。差し支えない範囲で話されたらどないですやろ」

加奈子は、促《うなが》されるまま口を開いた。

「あの〜どうお話ししたらいいのか……」

加奈子は、このようなことになろうとは思ってもみなかった。しかし、もう心の中に仕舞い続けることができず、ポツリポツリと話し始めた。

「実は……どこの誰とは申し上げられないのですが……」

もも吉、美都子、そして母親が加奈子を見つめている。

「ずっと、その方に誠心誠意尽くして来たのですが、気持ちが伝わらないのです。それが辛くて辛くて仕方がなくて……」

「それは、男性の……？」

「美都子、止めときなはれ」

　もも吉が制すると、美都子は、

「若山さん、失礼しました。どうぞお話を続けてください」

「いえ、そう思われるのは当然だと思います。お相手のことはそれぞれに想像していただいてかまいません」

「かんにんどす」

「いいえ……。わたしはそれでも、これからも尽くし続けたいと思っています」

　今度は、もも吉が口を開いた。

「若山さん、あんたはんは、その方によほど何か深いわけがあって尽くさはるんでっしゃろなあ」

　加奈子は、思わず、

「はい」

　と答えた。

「遥か昔、御恩を受けたのです。そのお方が助けてくださらなかったら、今のわたしはこの世にいないかもしれないのです。伝えたい。でも伝えられない。……あ〜もうどうしていいのか……」

　加奈子は、穏《おだ》やかに話しているつもりだったが、気付くと気が昂《たかぶ》って声を上げそうになった。

次の瞬間、物静かに聞いていたもも吉の眼差しが一変した。一つ溜息をつき、裾《すそ》の乱れを整えて座り直した。背筋がスーッと伸びる。帯から扇《おうぎ》を抜いたかと思うと、小膝《こひざ》をポンッと打った。ほんの小さな動作だったが、まるで歌舞伎《かぶき》役者が見得《みえ》を切るように見えた。

「あんさん、間違《まちご》うてます」

「え?」

加奈子は、言葉を失った。もも吉は壁の方を向き、掛け軸を指さした。座敷《ざしき》の床《とこ》の間《ま》に掛けるような大きなものではなく、色紙ほどの大きさだ。

「若山さん、これ読んでみなはれ」

そこには、墨《すみ》で文字が書かれてあった。

「……ええっと、ええっと……ごめんなさい。達筆《たっぴつ》過ぎて……最初の文字は秘密の『秘』でしょうか。でも、その先は……」

「これは『秘すれば花』と読みます。世阿弥《ぜあみ》の言葉ですね。芸論書『風姿花伝《ふうしかでん》』にあるものですよ」

と、母親が助け船を出すかのように言った。もも吉が、

「ようご存じでいはりますなぁ。国語の先生と伺《うかご》うてます、さすがや」

と言い、話を続けた。

「『秘すれば花』。これは花街の『おもてなし』の心を表しているんどす」

母親が興味深げに尋ねる。

「おもてなし？……どういうことでしょうか」

「どない言うたらよろしおすかなぁ。そうそう、この前、こんなことがありました。

ある和菓子屋に勤める若い女性店員さんが、大切な茶会のお手伝いに駆り出されたときのことどした。茶会の始まる前に突然、辺りが真っ暗になるような通り雨で庭がびしょびしょになりましてなあ。そないしたら、その店員さん、入口から茶亭へと続く通り道にせり出して咲いている桔梗《ききょう》の茂みへ、走って行かはってな。桔梗の花と葉っぱの一つ一つをハンカチで拭いたそうや。なんでかわからはりますか？」

加奈子には、まったく想像ができなかった。

「いいえ」

と首を傾げると、もも吉が話を続けた。

「茶会に参加されるみなさんは着物で来はります。茶亭まで続く細い通路を歩くと、両側に咲いている桔梗の花や葉っぱが着物の膝辺りに触れて濡《ぬ》れてしまう。そうなることを店員さんは慮《おもんぱか》って、お客様が到着するまでに急いで拭いたというわけどす。そやけどなあ、そんな気遣いしても、誰にも気付いてもらえんかもしれへん。それでもその店員さんにとっては、そんなことはどうでもよかったんや。気付いてもらえへんでも、思いやりは果たすことができる。褒《ほ》められる必要はない。認められんでもええ。わからはりますか？　……それが『秘すれば花』や。世阿弥は、そのあとに『秘せずば花なるべからず』と続けてます」

じっと聞いていた勝子が、

「それは素晴らしいですね」

と言い、瞳を輝かせた。もも吉は、さらに言う。

「人は誰かに懸命《けんめい》に尽くしても、報《むく》われんこともあります。いや、報われんことの方が多いかもしれへん。『おおきに』なんて言われんでもええ。いや、言われん方がええ。それが『秘すれば花』、その方が粋《いき》でっしゃろ」

加奈子はもも吉の言葉にハッとした。母親が認知症になってからの辛い日々を思い返していた。娘ではなく、ヘルパーの「若山さん」としてしか接することができない。「何かできることはないか」と、いつもそれだけを考えている。昨日のことだ。母親のパジャマのボタンが取れかけていた。それに気付き、母親がお風呂に入っている間に、繕ってておいた。クローゼットの中のカーディガンのボタンも解れていたので、それも直した。でも、そのことを母親に言ったりはしない。

「秘すれば花」

哀しくせつなくはあるが、ヘルパーとして最善の気遣いをする。それでいいのだと思った。母親が、またポツリと言った。

「でもね、若山さん。わたし知っているのよ」

「え？」

「あなたが、本当に濃《こま》やかな気遣いをしていてくださること」

「……」

「もも吉さん、若山さんの仕事振りはとても素晴らしいのよ」

もも吉が尋ねる。

「どないなことですやろ」

「昨日もね、わたしがお風呂から出てきたらね、パジャマの取れかけていたボタンを繕っておいてくださったのよ。ううん、それだけじゃないの」

「……」

三人が母親を見つめる。

「お気に入りのこのカーディガンのボタンも付け直してくださっていたのよ。それなのに、『ボタンが取れかけていたから付け直しておきました』なんて言うわけではないの。黙っていらっしゃるのよ……え？　え？　……どうしたの若山さん……若山さん」

加奈子は両手を顔にあて小刻みに震えた。

気付いてくれていた。母は知っていた。「秘すれば花」でかまわないと思ったばかりなのに……。加奈子の両の手の隙間《すきま》から漏れた涙が首筋へと伝った。

母親は、それを不思議そうに見つめていた。

もも吉が、笑顔で言う。

「さあさあ、もう一杯麩もちぜんざいいかがどす」

母親が、

「あら嬉しい、いただきますわ」

と答えた。もも吉が茶碗を下げて、ぜんざいを作りに奥の間に下がった。美都子も手伝いについて行く。店内には二人きりになった。でも加奈子は、「お母さん」と呼ぶわけにはいかない。また母親をパニックに陥《おとしい》れるだけだからだ。何度も何度も「お母さん」と喉《のど》まで出かかるのを呑《の》み込む。母親もしゃべらない。

沈黙が続く中、もも吉と美都子が、お代わりの麩もちぜんざいをお盆に載せて戻って来た。美都子が言う。

「あら、勝子さん、眠ってしまわれたわ」

「ほんまや。お疲れになったんやろ。静かにしてまひょ」

もも吉は、カウンターで腕枕をして眠っている勝子に、ブランケットを持って来て肩から掛けた。

「ありがとうございます。もも吉さん」

母親は、スヤスヤと寝息を立てている。幸せそうな寝顔だ。夢でも見ているのだろうか。加奈子は思った。よほど良い夢を見ているに違いないと。

勝子は、高校二年になる娘の加奈子に言った。

「わたしがお婆ちゃんから教えてもらったボタン付けの技を教えてあげる。ここがポイントなのよ」

「技なんて大袈裟《おおげさ》ね」

「ううん、見ててごらん。普通ね、ボタンの下は糸を二重か三重にクルクルッて巻くでしょ。根巻きって言うんだけどね。キツキツに巻いてしまうと、遊びがなくなってしまって、ボタンがはめにくくなってしまうからなのよ。でもね、我が家ではあえて五重、六重にグルグル巻きつけるの。頑丈《がんじよう》で取れないのよ。もう一つ。普通は最後に、裏側で糸の先を堅結びして玉止めするでしょ。でも、うちはやらないの。五重に巻いた芯《しん》にね、糸を三度ほど行ったり来たりして差すの。もうこれで、そう易々《やすやす》とは解けたりはしないのよ」

加奈子は、勝子の見ている前で教えられた通りにやってみた。

「できた！　お母さん」

「うん、よくできたわね。さあ、この巾着袋に十個ボタンを付けてみなさい」

「え～嫌だ～」

「習うより慣れろよ」

渋々《しぶしぶ》、加奈子はボタンを付けた。

「できたわよお母さん、チェックしてくれる？」

「どれどれ……まあ、よくできていること。あなたちっとも不器用じゃなくてよ……え？　いつの間にあなた、わたしのパジャマのボタンも付け直してくれたの？　え？　……こっちのお気に入りのカーディガンのボタンまで、しっかり五重に巻いてあるわ」

勝子が眼を開き顔を上げると、そこには高校生ではなく、ずっと歳を取った娘がいた。

「嫌だ、加奈子、いつの間に……」

え？　どういうことかしら……。

「ようお寝《やす》みでしたよ。よほど疲れてはったんどすなあ」

もも吉にそう言われ、店内を見回す。夢を見ていたらしい。そうだ、たしか京都へ日帰りの旅行に来て、もも吉庵で麩もちぜんざいをご馳走《ちそう》になって……。隣の席を向いて言う。

「加奈子、わたし恥ずかしいわ。みなさんの前でうたた寝してしまうなんて」

「え？」

「どうしたのよ加奈子、そんなびっくりした顔をして。長居し過ぎましたわね。ご迷惑になりますから、そろそろお暇《いとま》しましょ」

「お母さん……」

「加奈子ったら変な子ねぇ、どうして泣いているのよ」

勝子は巾着袋の中から懐紙《かいし》を取り出した。

「まあまあ、そんなに泣いたらお化粧が取れてしまうわ。そうだ、加奈子、あなたにお願いがあるのよ。知ってた？　この巾着袋にわたしの宝物が入っていること」

「……宝物？」

「これよ、『お手伝い券』。覚えてる？　あなたが小さいとき、母の日にプレゼントしてくれたでしょ。今日は疲れてしまったわ、傘寿ともなると気持ちだけではどうにもならないみたい。ねえ、この『肩たたき券』まだ使えるかしら」

「うう……」

「もう、どうしたの加奈子。なぜ泣いてるの？　大丈夫、加奈子？」

「うう……お母さん、お母さん」

「どうしたの加奈子？　具合でも悪いの？　……もも吉さん、もも吉さん！　すみません。加奈子に冷たいお水をお願いできませんでしょうか」

壁の一輪挿《ざ》しのカキツバタが、ゆらりと揺れた。

その花言葉は、「幸運は必ず訪れる」だ。

抱き合う母娘を、カキツバタが眩《まぶ》しげに見守っていた。

第二話　雲水《うんすい》を探し求めて秋彼岸《あきひがん》

島原真治《しまばらしんじ》は、線香《せんこう》に火を点《つ》け、ポケットから取り出した饅頭《まんじゅう》を一つ供《そな》えた。この墓を作ったのは、曾祖父《そうそふ》と聞いている。なのに、「先祖代々供養《くよう》」と刻まれた墓石《ぼせき》は真新しく見えるほどにきれいだ。寺の管理がよほど行き届いているせいだろう。

眼を閉じて手を合わせる。どれほど時が流れても、風化《ふうか》することのない記憶。涙があふれてきて止まらない。空を見上げて溜息《ためいき》をついた。再び手を合わせて眼を閉じ、「復讐《ふくしゆう》」を誓う。

島原の心の内も知らず、肩にアキアカネが一匹止まった。

「よいしょっと」

重い腰を上げて立ち上がる。

「さて、今日こそ会えるやろうか」

そう言い、真治は墓地を後にした。

九月も半ば過ぎというのにまだまだ照り返しが強い。美都子《みつこ》は陽に手をかざして眼を細める。建仁寺《けんにんじ》の境内《けいだい》を斜めに横切り、石畳《いしだたみ》の小路《こうじ》を通って裏手から禅居庵《ぜんきよあん》の摩利支天堂《まりしてんどう》に出た。知る人ぞ知る抜け道だ。ここは建仁寺の塔頭《たっちゅう》の一つで、亥《い》年生まれの人の守り神として信仰を集めている。

「あ〜今日もいてはるわぁ」

美都子は、ポツリと漏《も》らした。その男は、狛犬《こまいぬ》ならぬ狛猪《いのしし》の脇に膝を抱えて座り込んでいた。美都子は、眼が合わないようにして、遠巻きにチラチラッと見て正門を出た。色褪《あ》せたグレーのスラックスにずいぶん着古した紺色のポロシャツを着ている。何よりも顔に生気がない。しかし、眼光だけは鋭く、近寄りがたい「氣」を辺《あた》りに発している。

美都子は、祇園《ぎおん》生まれの祇園育ち。以前は、五花街《かがい》の一つである祇園甲部《こうぶ》で舞の技量も人気も№１の芸妓《げいこ》をしていた。それが、タクシードライバーに転身したのが、十年余り前のこと。しかし、つい最近、芸妓に復帰し、ときおり妹として可愛がっている舞妓《まいこ》の「もも奈《な》」とともにお座敷にも顔を出すようになった。

今日は仕事がお休みなので、スキニージーンズに真っ白なＴシャツという出《い》で立《た》ちだ。観光客らしき若い二人の女性が美都子に視線を走らせて、

「モデルさんかな」

「女優さんかも、きれいな人だね」

と言い合うのが聞こえた。美都子は見られることには慣れている。にっこり微笑《ほほえ》

み、

「おおきに」

と軽く会釈《えしゃく》して、大和大路《やまとおおじ》通に出た。すると、

「美都子姉ちゃ〜ん！」

と声を掛けられ振り返った。隠善《いんぜん》が手を上げて、足早に歩いて来る。建仁寺の塔頭・満福院《まんぷくいん》の副住職だ。檀家《だんか》の間では、父親で住職の隠源《いんげん》は隠善にお務めを任せ、フラフラと遊び歩いていると評判だ。

「あ、善坊《よしぼう》。檀家さん回り？」

彼岸《ひがん》が近いので、お寺は大忙しだ。

「善坊て呼ぶんは止めてて何べんも言うてるやろ。もう子どもやないんや」

「かんにんかんにん」

「扇屋《おうぎや》の藤原さんと、やまと仏具店さんとこでお経上げさせてもろうて来たんや」

「それはご苦労さま」

美都子にはこのところ、以前にも増して隠善が自分のことを強く意識しているのがわかる。ちょっと隙《すき》を見せたら、「好きや」などと告白されそうだ。では、美都子の方はと言えば……。隠善は四つ年下。子どもの頃から世話を焼いたりして弟のように接してきた。ゆえに、にわかに「恋」の相手にはなりえない……はずだっ

ている。ところが最近、「ええ男はんやなあ」と思うことが続き、ちょっぴり心が揺れた。

美都子は芸妓として、惚《ほ》れるよりも、惚れられることに喜びを感じてきた。女性には奥手《おくて》の隠善に、まだ直接打ち明けられてはいないものの、その気持ちは充分すぎるほど伝わっている。

ふと思う。もし自分が、お寺の住職の奥さんになったらと。芸妓がタクシードライバーになったというだけで、世間は大騒ぎだった。はたして檀家さんは快く迎えてくれるだろうか。まさか美都子がそんなことを考えているとは、隠善は露《つゆ》も思わないだろう。

だから、あえて「善坊」と呼び、言い出しにくいようにバリアを張っているのだ。美都子は、ちょっとからかってやろうかと思った。

「善坊、デートしよか」

「え？　美都子お姉ちゃん、今何て言うた？」

「デートしよかて」

隠善は、眼をパチクリしている。

「ええんか僕なんかで」

「ええから誘ったんや」

「え？　デートてどこへ？　植物園か？　それともＵＳＪか？　なあ、いつ行くん？」

美都子は、戸惑う隠善を従えるようにして、大和大路通を下がった。京都では南に行くことを「下《さが》ル」、北へ行くことを「上《あが》ル」という。

「今からや」

美都子はそう答え、大きな歩幅で歩いて行く。

「え？　今からやて？　……困ったなあ、昼からもお経上げに行く約束してるんや。そうや、こんな格好《かっこう》では行けへん。着替えてこんと……え？　そっちは宮川《みやがわ》町《ちょう》やないか、どこ行くん」

宮川町は、祇園甲部と並ぶ京都五花街の一つである。大和大路通と松原《まつばら》通の交差点を西に入り、鴨川《かもがわ》に沿う川端《かわばた》通の手前で美都子は立ち止まった。

「ここや」

「ここて、富久屋《ふくや》さんやないか」

「そうや、ランチデートしよう思うてな」

「そんなあ～子どもの頃から美都子姉ちゃんとは数え切れへんほど来てるやないか」

「嫌ならええ」

「嫌やない、入る入る」

少々ふてくされ気味の隠善をよそに、美都子はグリル富久屋のドアを開けた。グリル富久屋は、明治四十年創業の洋食屋さんだ。通りに面したガラスケースには食品サンプルが並んでいる。海老フライ、ビーフカツ、洋食弁当……。舞妓、芸妓も常連のお店だ。

「こんにちは〜」

そう言うか言わぬかのうちに、

「なんやお前ら揃《そろ》って」

と、店の中ほどから声を上げたのは隠源だった。美都子の母親のもも吉《きち》もいる。以前はお茶屋の女将《おかみ》をしていたが、今は甘味処「もも吉庵《あん》」を営んでいる。かつてはもも吉も、人気・技芸《ぎげい》とも№1の芸妓だったことは花街の誰もが知るところだ。

美都子は照れもせず、

「善坊とデートや」

と答えると、

「電車賃もかからへんし、それはええ。わてらもさっき来たところや」

と、隠源が腕組みをして頷《うなず》く。隠善が口をへの字にして、

「なんやお姉ちゃん、まさかおやじとももも吉お母さんが先に来てはること知って

て、僕のことからかったんか？」

「違う違う、偶然や。せっかくのデートやのに善坊、かんにんや」

美都子は、「デート」というところに強くアクセントを置いて言った。

「こんなん、この四人が揃うたら、いつものもも吉庵と一緒やないか。これで、おジャコちゃんがいたら、まるで同じじゃ」

おジャコちゃんは、もも吉が可愛がっているアメリカンショートヘアーの女の子。もも吉庵ではアイドル的存在だ。すると、隠善の足元で鳴き声がした。

「ミャ〜ウ」

「な、な、なんやなんや！」

と、隠善が飛び上がる。もも吉が駆け寄って、おジャコちゃんを抱きかかえて席に戻った。もも吉が連れて来たようだ。

「もうええ、早《は》よご飯食べて帰ろ。僕はフクヤライスもらうわ」

「うちもフクヤライスにしよ」

フクヤライスとは、舞妓さんのリクエストで考案されたというオムライスだ。ケチャップご飯の上にふわふわの卵が敷き詰められ、その上にトマトやグリンピース、マッシュルームが載って鮮やかさが食欲をそそる。

結局、もも吉、隠源と同じテーブルに座り、四人でお昼を食べることになった。

美都子は食後、コーヒーを待つ間、つい先ほど見かけた男のことを思い出し、

「お母さん、隠源さん、今日も『あのお人』、座り込んではったで」

と言い、ブルッと身震《みぶる》いをした。もも吉が尋《たず》ねる。

「今日は、どこにいはったん？」

「摩利支天堂の前や」

「建仁寺さんの周り、あちこち場所替えてご苦労様なことや」

と、もも吉は溜息をつく。美都子が「あのお人」と呼ぶのは、島原真治のことだ。ある時は、建仁寺の駐車場。またある時は、塔頭の両足院《りょうそくいん》や霊源院《れいげんいん》の門前で見かける。久しく姿が見えないなあ、と思っても、忘れた頃にまた現れるのだ。この祇園界隈《かいわい》では、しばしば人の口に上《のぼ》る存在である。

もも吉が、悲しげに呟《つぶや》く。

「ほんま気の毒なお人や」

隠源も、隠善、美都子も溜息まじりに頷いた。

美都子は、愛する人の関わる事件であったがゆえ、いまだに心から消し去ることができないでいた。いや、島原の姿を見かけるまでもなく、ときおりあの辛《つら》い出来事を思い出しては心が痛んだ。

島原真治は十年余り前、小学一年になったばかりの男の子を亡くした。夜中にお

腹が痛いと泣き出したので、救急車を呼んだという。担ぎ込まれたのは、もも吉が懇意《こんい》にしている高倉《たかくら》が院長を務める総合病院だ。救急外来の窓口に搬送《はんそう》されると、「痛い痛い」とうめく子どもに看護師が尋ねた。

「ねえ、僕。何か変わったもんでも食べた覚えない?」

すると、男の子は、それには答えず、昼間、友達と遊んでいてジャングルジムから落ちたと話した。でも、父親に叱られるのが嫌で、黙っていたという。すぐに検査をすると、動脈が傷ついてお腹の中で出血していることが判明した。ところが、たまたま手術のできる外科医がおらず命を落としてしまったのだ。島原は、

「手術してもらえんと死んだんや。いや、息子は総合病院に殺されたんや」

と、当時理事長だった藤田健《ふじたけん》の責任を追及《ついきゅう》した。しかし、警察の取り調べにより病院に過失がないことがわかり送検《そうけん》には至らなかった。

それでも島原は、息子の命を奪ったのは病院だと信じて疑わなかった。病院関係者や警察、新聞記者などを訪ね歩き、病院の過失の事実を聞き出そうと躍起《やっき》になった。祇園は、各界のお歴々が日々、集《つど》う街だ。あちらこちらから、島原の名前が、もも吉や美都子の耳にも否応《いやおう》なしに入ってきた。もちろん、それは藤田の元へも。

最初は、誰もが島原に同情していた。特に、子どもを持つ親には「お気持ちよくわかります」と言われた。島原が「話を聞かせてほしい」と訪ねてくれば、誰もが

それに応じた。しかし、「何か隠してるんやないか?」などときつく尋ねられるので、だんだんと会ってくれる人も少なくなってしまった。総合病院のある看護師などは、

「藤田理事長に買収されて、隠蔽《いんぺい》しとるんと違うか?」

と詰問《きつもん》されて、泣き出してしまったと聞いている。やがて島原の聞き込みはエスカレートし、

「ほんまは病院の過失なんやろ! 何を隠してるんや!!」

と食い下がるので、最後には誰も相手にしなくなってしまった。あげくに島原は藤田の行方《ゆくえ》を探し出し、復讐《ふくしゅう》を企《くわだ》てているらしい。藤田が建仁寺に出入りしているという噂《うわさ》をどこかで聞きつけ、待ち伏せしているものと思われた。

真偽《しんぎ》のほどは定かではないが、

「なんやナイフを懐《ふところ》から出して眺めてるのを見たことあるで」

「わては、包丁見た」

などと言う者が幾人もいる。巷《ちまた》では、「恐ろしくはあるが、子どもを亡くして心を病んだ可哀《かわい》そうな人」と憐憫《れんびん》の目で見られている。そのため、建仁寺関係者も地域の住民も、無下《むげ》に警察に頼んで追い払うようなことはしない。

「お母さん、藤田はん、今頃どこにいてはるんやろ」

美都子は、せつない声でポツリと言った。

「さあなあ、丹後《たんご》半島の海岸か比叡山《ひえいざん》のどこかか。汗まみれ、埃《ほこり》まみれになって、ただ黙々と歩いてはるんやろうなあ。雲水《うんすい》の修行は厳《きび》しいさかいに」

島原の子どもがいくら建仁寺界隈を張り込んでいたところで、会えるはずもない。

藤田はその責任を重く受け止めて理事長職を退《たい》任《にん》した。それだけではない。自分が代表を務めるフジジャパンホールディングスのすべての会社の社長職を辞任した。そして、建仁寺塔頭の一つ満福院で雲水になり、隠徳《いんとく》と名を変えて托鉢《たくはつ》の修行に入ってしまったのだ。

隠徳こと藤田健は、誰もが知る立志伝《りっしでん》中の人物だった。

極貧の生まれのため、中学を卒業するとトラックで家々を回って不用品を集める仕事の手伝いをした。汚れ作業など仲間の嫌がる仕事を率先《そっせん》して行い、お金を稼《かせ》いで貯金をした。運転免許を取って中古の軽トラを買い運送業を始める。やがて人を雇い会社を大きくして、倉庫、不動産や金融業にも進出する。

その後は、買収《ばいしゅう》に次ぐ買収で一大企業グループを作った。しかし金の亡者《もうじゃ》ではなかった。あくまでも、向こうから「お願いします、助けてください」と頼まれた場合にだけ、手を差し伸べた。

その一つが、京都の総合病院だった。先代の理事長が遊び好きで、放漫《ほうまん》経営の果てに倒産の危機にあった。跡継ぎの息子は医師としての腕も人徳もあったので、息子に院長になってもらい藤田が理事長に就任し再建に取り組んだ。そして……病院を黒字化するとともに地域の信頼も回復できた矢先に「あの事件」が起きてしまったのである。

もも吉がしみじみと言う。

「もう十年以上も経ちますなぁ。もう隠徳はんは充分に懺悔《さんげ》されたんやないかて思うてます。元々、法的にも何の落ち度もあらしまへんのやさかいに。そやけど、隠徳はんの心ん中では懺悔は命が尽きるまで続くんやろうなあ」

美都子がこれに答える。

「そこが藤田……隠徳はんのえらいとこなんやて思う。うち、考えるだけで胸が苦しゅうなるわ」

まだ美都子がタクシーの仕事に就く前、「もも也《や》」の名前で芸妓として人気を博していた頃のことだ。藤田に見初《みそ》められて何度もお座敷に声がかかった。美都子より二十近くも年上だった。いつも花束を持参。貴金属の贈り物の嵐。しかし美都子は、それを好ましくは思わなかった。世の中、お金さえあればなんでも手に入ると考えている人だと思ったからだ。

当時、まだお茶屋の女将だったもも吉を通して「やんわり」と藤田のお座敷を断ることにした。にもかかわらず、十回、十五回……そしてなんと二年、三年と、断っても断っても「もも也さんをお願いします」と懇願《こんがん》された。これには美都子の方も「たまには会《お》うてあげな可哀そうや」などと思うようになった。

久し振りに顔を合わせると、藤田は、

「ようやく会えましたね」

と、実に無邪気《むじゃき》に喜んでくれた。まるで子どものようだった。自慢話も仕事の話も一切しない。手を握るわけでも、褒《ほ》めそやすわけでもない。ただ、美都子を見つめて、

「君が好きです」

と愚直《ぐちょく》に言う。顔から火が出るようなそんなセリフを、臆面《おくめん》もなく口にする。

聞けば、仕事一筋で突っ走ってきたので恋をする余裕もなく、結婚をしたことがないという。美都子はそれまで、大勢の男性に言い寄られた。そのほとんどが、財界、芸能界、芸術など、さまざまな世界での成功者だった。しかし、これほどまでに、まっすぐで純粋な男性に出会ったことがなかった。一言でいうなら「少年」だと思った。美都子はお座敷を重ねるうち、いつしか藤田に魅《ひ》かれていった。

「ええ人かもしれへん」

そう思えるようになり、やがてそれが「恋心」へと変わった頃、「あの事件」が起きた。そして、藤田は俗世間を捨てて雲水になって修行に出てしまう。

「うちも、藤田はんのこと好きなんどす！」

美都子はそう声を上げげて叫びたかった。しかし相手はもう、仏門という大きな壁の向こう側に行ってしまった。仮に気持ちを伝えられたとしても、藤田を苦しめるだけだと承知している。思いの届かぬ遥《はる》か遠い存在になってしまったのだ。

美都子は、ただただ、藤田の無事を祈るだけの日々を送った。


美都子が回想にふけっていると、店の奥の方に座っていた二人連れの客の一人の女性が、こちらにやってくると、声を掛けてきた。

「あの〜失礼ですが……そちら様は建仁寺の……」

歳は四十手前くらいか。グレーのスーツを着ている。隠源が答えた。

「はい、なんでしたやろう」

すると、今度は、もう一人の六十歳くらいの男性が立ち上がり、美都子たちの方へとやって来た。紺色の細いストライプのシャツに臙脂《えんじ》のネクタイ、仕立てが良いことのわかるネイビースーツを着こなしている。カフスボタンとタイピンはお揃《そろ》いのティファニーだ。社会的に地位のある者であることが、それだけで推察できた。

「恐れ入ります」

店内ということもあってか、抑え気味の声でそう言うと、

「私、こういう者でございます」

と、隠源に名刺を差し出した。

「ご無礼の段、お詫《わ》び申し上げます。奥の席で食事をしておりましたら、みなさまのお話が聞こえてしまいまして……。その中に、『建仁寺』とか『藤田』とかいう言葉が出てまいりましたので、ひょっとしたらと思い切って声を掛けさせていただきました。こちらの者は、秘書室長の鎌田《かまた》です」

女性が両手を指先まで前で揃えて一礼する。

「鎌田奈緒《なお》と申します」

美都子は、もも吉、隠善とともに隠源の手元の名刺をのぞき込んだ。

フジジャパンホールディングス株式会社
代表取締役社長　大崎《おおさき》　雄三《ゆうぞう》

美都子は思わず、

「え⁉　藤田はんの……」

と声に出た。隠源が法衣《ほうえ》の袂《すそ》を手繰《たぐ》り寄せてゆるりと立ち上がると、大崎社長に向かって挨拶《あいさつ》をした。

「わては建仁寺塔頭の満福院住職で、隠源いいます。なんやご事情がおありのようどすなあ」

たしかに大崎社長は、尋常《じんじょう》ではない神妙《しんみょう》な顔つきをしている。なにか切迫《せっぱく》したものを抱えているような気がした。もも吉が口を開く。

「うちは『もも吉庵』のもも吉どす。ここではなんやさかい、うちの店でお話伺《うかが》わせてもろてはどないでっしゃろ」

「はい、もしご迷惑でなければよろしくお願いいたします」

一同は、場所をもも吉庵へと移すことにした。


大崎社長と鎌田に、L字のカウンターの丸椅子《いす》に座るよう促《うなが》した。隠源、隠善はいつもの奥の席に腰掛ける。

「ちびっと待っといておくれやす。美都子も手伝《てつど》うてくれるか？」

「へえ、お母さん」

もも吉はいったん奥の間へと入り、しばらくしてお盆を持って現れた。

「早速《さっそく》にお話を伺いたいのは山々どすが、お二人とも顔色が悪うおす。チラッと富久屋さんのテーブルの食事を拝見させてもろうたら、洋食弁当に手ぇもつけんとそのままどした。甘いもん食べて、まずは一息ついておくれやす」

そう言い、もも吉はみんなの前に、順に清水焼《きよみずやき》の茶碗《ちゃわん》を置いていく。

「さあさあ、みんな熱いうちに食べておくれやす」

一番に声を上げたのは、大崎だった。

「麩もちの他に、サツマイモが入っていました。一口サイズで固くもなく柔らかすぎもせず、ふわっとレモンの香りがして美味《お》しいです」

「うちの店では、季節によっていろいろ工夫を凝《こ》らしてるんどす。もうすぐ芋《いも》名月やさかい、それにちなんでお芋さんを蜂蜜《はちみつ》とレモンで炊《た》いたんを入れてみました」

「実はわたし、こちらで麩もちぜんざいをいただくのが夢でした」

大崎社長はよほど空腹だったのか、一気にぜんざいを食べ終えて箸《はし》を置いた。

隠源が、大崎社長に尋ねる。

「お忙しい方がわざわざ東京から、わてらに何の用事でお越しですかな？」

大崎社長は、おもむろにカウンターに両手をつき、頭を下げて言った。

「フジジャパングループをお助けいただきたいのです。そのために、創業者である藤田健の居所を教えていただきたいのです」

「まあまあ、そんなんしたらあきまへん。顔を上げなはれ」

と手を差し伸べ、隠源がにこやかに言った。

「ご事情をゆるりと伺いまひょか」

大崎社長は顔を上げ、もも吉、隠源、そして隠善、美都子と順に見て話し始めた。

ことの初めは、今年の春頃のことだったという。

フジジャパングループ各社を統括《とうかつ》して管理する持ち株会社、フジジャパンホールディングスの株価が、ジリジリと値上がりを始めた。四半期ごとの決算は横ばい。特に発展的な事業計画も発表されていない。大崎社長が調べさせると、外資系ファンドがひそかにさまざまな名義を使い分けて、株式を買い占めていることが判明した。

その直後だった。株価が急騰《きゅうとう》してストップ高になり、その日、外資系ファンドが記者会見を開いて、ＴＯＢの実施を宣言した。ＴＯＢとは、株式の公開買い付けのこと。つまり、フジジャパングループのすべてを、乗っ取ろうというのだ。すぐさまファンドの代表に面会を申し込むが、けんもほろろ。あくまでも経営権を奪うのが目的であり、交渉の余地はないという。

ここまで聞いて、隠源が口を開いた。

「新聞で少し拝見はしてました。社内はえらい騒ぎでしょうなあ」

「はい、みんな不安がっております」

「なんでまた、相手は乗っ取りを？」

大崎社長の隣で、ずっと聞いていた秘書の鎌田が、突然声を上げた。

「リストラして大儲けする企《たくら》みなんです！」

「よくあるケースじゃな」

と、隠源が頷く。鎌田が、怒りで顔を赤らめて説明する。

フジジャパングループは、稀《まれ》に見る社会活動に熱心な企業だという。単に寄付をしたり、社員がボランティア活動に参加するだけではない。地球温暖化でＣＯ$_2$削減が叫ばれると、自社で温泉地に地熱発電の会社を作ってしまう。また、学校へ行けない子どもたちのために、各地にフリースクールを設立する。そこで働くのは、障がい者やシングルマザー、あるいは定年退職したシニアだ。

最初から「儲けよう」という意思がない。しかし、採算はぎりぎりでも取れている。ファンドは社会活動を「無駄」とみなして、すべてリストラの対象にすると宣言しているという。鎌田が話を続ける。

「その中には、難病にかかった子どもたちが入院する病院も含まれているのです。

これは、藤田社長……前社長が設立された病院で、私立の学校も敷地内に併設されています。病気で勉強が遅れがち、友達がなかなかできにくいという問題を解決するためなんです。藤田前社長の熱い思いを継いで、みんな今日まで頑張って来たんです。会社は世の中を良くするため、みんなを幸せにするためにあるものだという思いが、社員全員に根付いているんです。なのに、なのに……」

もも吉が尋ねる。

「ひょっとして、鎌田さんは直接、藤田はんの下で働いておられたんと違いますか？」

鎌田が答える。

「はい、入社してすぐ藤田の秘書になりました」

大崎社長が言う。

「鎌田は、藤田の志《こころざし》を受け継いでいる一人です」

「このままでは藤田に申し訳が立たないんです！」

鎌田は、熱く声を上げる。美都子は、自分と同じくらいと思われる年齢の鎌田に、軽い嫉妬《しっと》を覚えた。隠源が尋ねる。

「そやけど大崎社長はん、黙って買収されるつもりはないんと違いますか？　弁護士さんと相談されて対策を取っておられるでしょう」

「はい……それはそうなのですが……」

　すると再び、鎌田が説明する。

「藤田が会社を去って十年以上も経ちます。藤田のことを知らない社員も増えてきました。今、こういうピンチのときに必要なのは求心力なんです。藤田が社長に戻って来てくれさえしたら、間違いなく社員の心はまた一つになります。そうして、ファンドも追い払えるに違いないのです」

　大崎が話を続ける。

「実は、何人もの大株主がこう言うのです。『藤田さんのいない会社に義理はない。悪いけど情より利益を優先させてもらい、ファンドに味方することになります』と。それでも、『藤田さんに頼まれたら断れないけどなあ』と口々に言われて……。これは、藤田から社長を引き継いでやってきたわたしの不徳の致《いた》すところなのですが」

　もも吉が言う。

「あんさんも辛いお立場どすなぁ」

「フジジャパン交通では、過疎《かそ》の地域へのバス路線は切り捨てられて廃線になるでしょう。フジジャパン倉庫の所有する土地は売却され現金に換えられ、社員とその家族は路頭に迷うでしょう。なんとしてでも、乗っ取りを許すわけにはいかないのです。藤田は行方不明で居場所がわかりません。そんな時です。この鎌田が、藤田が行方をくらます直前に言っていたことを思い出したのです」

「なんて言うてはったんどす？」

と、美都子はたまらず鎌田に尋ねた。

「できることなら、この世から消えてしまいたい。しかし、自分で命を絶つこともままならない。お坊さんにでもなって人間修行でもするかな、と。そんな話を大崎にしましたら、藤田は以前から建仁寺のお寺のえらいお坊さんと知り合いだと言っていたというのです」

続けて大崎が言う。

「藤田の行方を探す手掛かりはそれだけです。でも、このままでは、乗っ取られるのをただ待つだけです。とにかく京都へ行ってみようと思い立って、昨日の午後、新幹線に飛び乗ったわけです。しかし……やはりと申しますか、建仁寺の本坊で尋ねましたが、藤田という名前のお坊さんはいないということでした」

「大崎と一緒に建仁寺周辺でもあちらこちら聞いて回ったのですが、どなたもご存じないと言われて落胆《らくたん》し、フラリと富久屋さんへ入ったわけです。すると……」

もも吉が言う。

「それがご縁いうもんでっしゃろなあ」

美都子は思った。

一人は、藤田を殺そうとして行方を探している。いま一組は、藤田に救いを求めてやって来た。藤田は雲水となってこの世から隔絶《かくぜつ》した世界で生きている。にもかかわらず、その存在がいまだに大きいことに驚かざるをえない。

大崎社長と、秘書の鎌田が話し終えると、もも吉がお茶を淹《い》れながら言う。

「そやけど、なかなか難しいんと違いますやろか。藤田はんは、よほどに強い決意で隠源和尚《おしょう》の満福院さんで頭丸めて雲水にならはったんや。それに、今、どこにいてはるかもわからしまへんしなあ」

隠源が話を受ける。

「そやなあ。ごくたまに、坊さん仲間から、『あんたんところの隠徳はん、先週までうちのお堂で寝泊まりしてたで』なんて連絡が来ることもある。そう言えば、ひと月ほど前は、比叡山の無動寺《むどうじ》で見かけたいうお人がおったそうや。そのあとは洛《らく》北《ほく》のどこやったか……志明院《しみょういん》に行く言うてたて」

大崎社長が、パッと明るい表情になった。

「そうですか！　志明院ですか。ダメもとで行ってみようか、鎌田」

「はい！」

美都子は、黙って聞いていたが、もしかしたら志明院に行けば藤田に会えるかもしれないと思ったら、居ても立ってもいられなくなってしまった。

「うちがご一緒させていただきます。実は、こう見えてタクシードライバーの仕事をしております」

「え⁉　それは助かります」

「僕もご一緒しようか」

と隠善が急に言い出した。

「法衣着てるもんが行った方がお寺さんでは話がしやすいやろ」

美都子は、先ほど少しからかったことをやましく思っていたので、

「たしかにそうやね。その方が心強いわ」

と答える。

「そないしたら、おやじ。昼からの檀家さん回り頼むで」

「しゃーない。引き受けたるわ」

と、隠源がしぶしぶという表情で言うと、もも吉が、

「何言うてるんや、じいさん。そもそもそれは住職のあんたの仕事やないか」

と言うと、隠源はばつの悪そうな顔をして、わざとらしく首を引っ込める仕草《しぐさ》をした。

隠徳こと藤田健は、比叡山の山中、無動寺明王堂《みょうおうどう》から琵琶湖《びわこ》を眺めていた。ここは千日回峰行《せんにちかいほうぎょう》の拠点となる寺だ。ときおりだが、健脚の観光客もやってくる。大津《おおつ》の町を見下ろす絶景スポットなのだ。

隠徳が雲水となり、十年余りが経つ。テレビも新聞も見ない。そう、娯楽どころか、世俗とは一切無縁の生活を送ってきた。かろうじて、行く先々の寺の住職の勧めで、渡された仏教に関わる書物を読むことだけが、僅《わず》かな楽しみであり、心の癒《いや》しでもあった。

されど今日《こんにち》の日本、どんな山中でも人に出逢う。登山やトレッキングのブームで年配の人たちほど険《けわ》しい山道に好んで入って来たりする。朽《く》ちたお堂で足を休めていると、そんな人たちに、声を掛けられる。修行中とはいえ、こちらは仏に仕える身だ。むげに不愛想《ぶあいそう》にするわけにもいかない。

よく「雪の日は凍《こご》えますよね」「辛くないですか?」などと尋ねられる。本当は「話しかけないでくれ」と思っている。しかし、そんな邪念《じゃねん》を捨て去るのも修行のうちだ。感情を表に出さず、「はい」とだけ返事をするようにしている。

年配の人ほどおしゃべりだ。こちらがわざと素《そ》っ気《け》なく返事をしているにもかかわらず、おかまいなしに話しかけてくる。すると、好まずとも地上の世界の話が入って来る。また、お世話になる先々の寺では、住職が気を利《き》かせて「街の噂」を耳に入れてくれる。世俗をすべて断ち切ることは至難《しなん》なのだ。

もう一年ほども前のことだった。

西山《にしやま》の奥の方の寺で湧き水を汲《く》んでいたときのことだ。寺男が近づいて来て、

「あんたやろ、満福院さんの藤田いうんは」

と声を掛けられた。正直、驚いた。なぜ、自分のことを知っているのかと。何よりも、雲水としての名前・隠徳ではなく俗名《ぞくみょう》を言われたことで怖《こわ》くなった。

「そないにびっくりせんでもええがな。当てずっぽうや。あごひげ生やしてはるけど、昔、テレビや雑誌で見たことある顔やなぁて、なんとのう思い出したんや」

隠徳は、一瞬迷ったが嘘をつくのも躊躇《ためら》われ、

「はい」

と小さく頷いた。

「あんた、知ってるか？」

「……」

「その顔つきは知らんようやなあ。教えといてやろう」

「……」

「あんたを探してる男の人がおるらしいで」

「……はい。そんな話を聞いたことがあります」

「そうか、そないしたら、その男から逃げるために雲水になったんか?」

隠徳は珍しく憤《いきどお》りが湧いてきて、「違います」と言いそうになってしまったがどうにか堪《こら》えた。そんなことはおかまいなしに寺男が言う。

「そないに怖い顔せんでもええがな。こっちは親切のつもりなんや。その男な、なんでも建仁寺の辺りをうろうろしてな、あんたのこと『殺してやる』言うてるらしいで。その男がナイフ持ってるところ見た、言うもんもおるらしい」

隠徳は「そんなことか」と思った。自分は憎まれても仕方のない人間だ。殺されて当然だ。平静を取り戻して、寺男に一礼して答えた。

「教えてくださり、ありがとうございます」

「気ぃ付けた方がええで。まあ、こんな山奥まで追いかけて来ることはないやろうから安心してもええけどなあ。とにかく下界《げかい》には降りんことや」

自分を殺そうとしている男。その男の名前が島原真治であることも知っていた。それだけではない。殺されることも、覚悟していた。

しかし、隠徳には悩みがあった。雲水の修行の旅は懺悔のために始めたことであった。にもかかわらず、それが「殺されないように逃げる」ことが目的になってしまっているのではないかということだ。

今も忘れることができない。島原の息子の葬儀《そうぎ》へ出掛けた日のことだ。うつむいて泣いていた奥さんが、隠徳の顔を見るなり大声でわめいた。

「返して〜返して〜うちの子を返して〜」

すると、島原が焼香《しょうこう》の灰を右手で摑《つか》み、隠徳に投げつけた。よけることもできた。しかし、隠徳はあえて頭から灰を被った。眼や口にも入り、咳《せ》き込んだ。その瞬間、新聞記者のカメラのフラッシュが光った。

「失礼しましょう」

と手を引く秘書の鎌田に抗《あらが》い、隠徳はその場に立ち尽くした。それがせめてものお詫《わ》びだと思ったからだ。

灰にまみれた社長の周りを、カメラマンが取り囲んだ。フラッシュが焚《た》き続けられ、目の前が真っ白になった。

「とにかく、気ぃ付けなはれ。ご無事でな」

寺男の声で、遠い記憶から現在に引き戻された。

隠徳は思った。縁があれば、どこかで島原さんに会えるかもしれん。その時、自分はどうしたらいいのだろう。いや、こちらから島原さんを探してでも、会いに行くべきなのだろうか。この十年余り、息子を亡くした島原さんはどれほど辛い日々を過ごしていることだろう。それを思うと、身もだえるほど辛い。

「南無釈迦牟尼仏《なむしやかむにぶつ》、南無釈迦牟尼仏……」

隠徳は、そう心の中で唱《とな》え、再び杖を手に取り山中の細い道へと分け入った。


この十年、島原は「恨《うら》み」を抱えたまま、奈落《ならく》へと落ちていった。

「あの事件」のあと、世間が味方をしてくれた。

「フジジャパングループ創業者の闇を暴《あば》く」

「病院を乗っ取り、金儲けし放題」

「金の亡者の犠牲者は、幼い男の子」

週刊誌だけでなく、ワイドショーまでもがこぞって藤田理事長を攻撃した。親戚の知り合いの弁護士に言われた。

「裁判したら勝てる。賠償金《ばいしょうきん》をたっぷり請求するから訴訟《そしょう》しましょう」

しかし、警察が送検を見送ると、弁護士は「あの話はなかったことに」と電話にさえも出なくなった。

どうしてでも納得ができない。なんとしてでも、病院の過失を認めさせてやるのだ。

藤田理事長のしっぽを捕まえて、必ず復讐してやる。島原は、証拠を集めるべく「あの日」の関係者を探し、話を聞き回った。

何日も総合病院の裏口で張り込み、出入りする職員に声を掛けた。最初は、「あの日」に亡くなった子どもの父親だとわかると、気の毒そうな顔をした。しかし、

「何か隠してるやろ。あんた知ってるんやないか。上から口止めされてるんか」

と何人にも尋ねるうちに、警備員に出入口でガードされるようになった。それでも大声で病院ビルを見上げて、

「人の子を殺しておいて平気なんか！」

と叫んだら、中から出て来た若い看護師さんに、

「病気で辛い思いをされている大勢の患者さんがいらっしゃるのです。どうか止《や》めていただけませんでしょうか」

と、丁寧《ていねい》な口調で、それも涙目で懇願《こんがん》されてしまい反対に困ってしまった。これではこちらが悪者である。

夫婦の間にも冷たい風が吹いた。子どもを亡くした辛さは、妻の方が大きかった

のかもしれない。ケンカが絶えなくなり、互いに近くにあるペンやら雑誌を投げつけるようになった。泣きわめいていた妻は、ある日、急にしゃべらなくなった。うつ病だ。一日中、ベッドから起き上がれない。通院させたくても、動けないのだ。妻の両親が来て、抱えるようにして実家へ連れ帰った。そして、離婚。それがきっかけで、島原も自暴自棄《じぼうじき》になり会社に行けなくなった。何も手につかず、ただ貯金を崩しての生活になる。息子も妻も失った。ただ一人、アパートの一室で悶々《もんもん》と過ごした。心に誓った。「何がなんでも、藤田理事長に復讐してやる」と。

　それにはやはり証拠集めだ。病院関係者は口が重いので諦めた。そこで新聞記者にアプローチする。「あの事件」と言うと、思うよりも易《やす》く何人もの記者が会ってくれた。ところが、島原の思惑《おもわく》とは真逆の言葉が返って来て逆上してしまう。特に京都タイムスのサツ回り記者の話には腹が立った。

「島原さんのお子さんのことは本当にお気の毒としか言いようがありまへん。わたしも当時、あの事件を担当していて、大勢の関係者に取材しました。そやけどね、島原さん、総合病院にはまったく過失はなかったことがわかったんや」

「……そんなはずはない」

「あの晩、四条《しじょう》烏丸《からすま》のマンションで火災があったことはあなたも知ってるやろ？　大勢の被災者が市内各所の病院に救急搬送《はんそう》されたんや。そやから、あなたのお子さんを受け入れてくれる病院がなかなか見つからへんかった。そんな中、総合病院だけが『うちへ来てください』と応じたんやな。そやけど、ここで不運が起きてしもうた。ほんの少し前に担《かつ》ぎ込まれた交通事故の患者さんの手術に二人の外科の先生があたっていたそうなんや。もう一人の外科医の先生が身体《からだ》がだるいと言うて、熱を測ったら三十八度五分もあった。そんな状況で手術なんてでけるわけがない。それでもその先生は、解熱剤打って手術しようとしたそうや。頭が下がる。ところがや。検査したらインフルエンザ陽性やった。病人はもちろん看護師や検査技師に感染させてしまう。泣く泣く、家に帰るしかなかった。ず～っと、その外科医の先生は、『僕のせいや僕のせいや、僕がインフルエンザに罹《かか》ってしまったせいで、男の子の命救えなんだ』と、何日も気がおかしくなるくらい落ち込んでいたそうなんや」

島原は怒鳴った。

「それがどないしたんや！　誰にも責任がない言うんか」

さらに記者は言う。

「まだ続きがある。総合病院の看護師や事務方の人たちは、市内の病院へ電話をしまくったそうや。子どもがたいへんなんや、受け入れてもらえんやろかて。真夜中やのに、個人の外科医院のお医者さんの家にまで電話したそうや」

「それがどないした言うんや。みんなええ人や言うんか。なんで、ええ人ばっかりで、うちの息子が死ななあかんのや！　あんた、仕方がない思え、言うんか」

「島原さん、たしかに気の毒や思う。わたしも一人娘の親や。それもなぁ、重い病気かかえてるんや。辛いのは自分だけやないで」

島原はますます腹が立った。

「説教するんか！」

「落ち着きなはれ。そないしたら、この話もさせてもらいましょう」

「なんや言うんや！」

島原は、藤田の味方としか思えないこの記者のことも憎くなった。

「これはある人から伝え聞いた話や。藤田元理事長はね、幼い頃、弟さんを病気で亡くしておられるそうなんや」

「え？　……」

「小学校三年のときのことやったそうや。真夜中に三つ下の弟はんが腹が痛い言うて泣き出したそうや。母親に『病院連れて行ってあげて』と頼んだけど、『そのうち治る』て言われたそうや。いったん泣き止んだんでホッとしてたら、涎《よだれ》たらして意識がない。慌《あわ》てて母親が背負って近所のお医者さんに連れて行った。ドンドン扉叩いてなぁ。起きてきた先生も慌てたそうや。『これはあかんで』言うて救急車呼んでくれたんやけど……間に合えへんかった。盲腸《もうちょう》から腹膜炎《ふくまくえん》になってたそうや。なんで母親が病院へ連れて行かんかったのか。貧乏やったからやそうや。電気もガスも止められてた。父親の借金で、怖い人に追い立てられてたそうや」

「そないな話して、俺に藤田のことを同情しろって言うわけか」

と、島原は記者を睨《にら》みつけた。

記者は、もうそれ以上、何も言わず去っていった。なぜみんな、総合病院の味方をするのだ。どうして藤田理事長をかばおうとするのだ。ますます藤田が憎くなった。島原は息子と同じ目に遭《あ》わせてやると改めて心に誓った。

そんな矢先のことだ。総合病院の中を患者のフリをして徘徊《はいかい》していたとき、休憩室から年配の女性看護師の会話が聞こえてきた。

「ねえねえ、前の藤田理事長のこと知ってはる？」

「なんやの」

「うん、院長室に用事で行ったとき、院長とお客さんとの会話をちらっと聞いてしもうたんや。藤田はんなぁ、フジジャパングループ辞めた後、雲隠れしはったやろう。それがなあ、建仁寺さんで雲水にならはったそうなんや」

「雲水やて？」

「そうや、なんでも一年中、山の中歩いて修行してはるらしい」

島原は思った。神も仏もこの世にいたんだと。島原の先祖代々の墓は、建仁寺の塔頭にある。これを因縁と呼ばずになんと言ったらいいのだろう。さらに息を止め、耳を澄ませて聞いていると、看護師はこんな話もした。

「それでなあ。もっとびっくりする話、聞いてしもうたんや」

「なになに?」

「祇園祭のサンタさんの正体がな、その雲水、つまり藤田はんやいうんや」

「なんやて! あのお菓子のかいな!!」

「祇園祭のサンタ」とは、毎年祇園祭のある七月になると、病院にお菓子をたくさんプレゼントしてくれるサンタクロースのことだ。総合病院の他、京都市内の小児科のある大きな病院に、段ボール箱いっぱいに詰め込んで届けてくれる。

そのサンタクロースがいったい何者なのかわからず、マスコミもその正体を追い求めていた。それがまさか、藤田であったとは……。島原は、ますます藤田に対する憎しみが、腹の中で煮えたぎるのを覚えた。心の中で、呟《つぶや》く。

(そんなキレイごとの慈善《じぜん》活動で、お前の犯した罪が赦《ゆる》されるわけがないやろ。俺の息子、殺しておいて、なんなんや!)

島原は、汗の滲《にじ》んだ両の手を強く握りしめ、復讐の炎をさらに燃え上がらせた。

(そうや、建仁寺で張り込めば、きっと藤田に会えるはずや)

その日から、建仁寺界隈で藤田を待ち伏せすることにした。懐に、鋭いナイフを忍ばせて……。

岩屋山《いわやさん》志明院は、西暦六五〇年に役行者《えんのぎょうじゃ》が草創、八二九年に空海が再興したとされる古刹《こさつ》である。京都市内から一時間はかかる洛北は雲ケ畑《くもがはた》の山奥にある。くねくねと細い一本道を行くと、突き当たりの岩山に山門が出迎える。

賀茂《かも》川の源流の地であり、古くは山岳道場として山のあちらこちらに修行僧の住まうお堂が点在していたという。隠徳がそこで修行をしているというのは頷ける話だ。しかし、今は門前に咲くシャクナゲと紅葉の季節の他には、ほとんど人が訪れることはない。それゆえ美都子は、大崎社長と秘書の鎌田には案内が必要だと考えた。隠善が言う。

「通り道やから途中、『やきもち』を手土産《てみやげ》に買《こ》うていこうや。志明院の住職さんにお世話になるかもしれへんさかい」

「やきもち」は、上賀茂神社門前にて明治五年創業の神馬堂《じんばどう》の名物。粒あんを餅でくるんで丸く平たくし、両面に焼き目をつけたものだ。美都子と隠善が車に乗るため席を立とうとすると、隠源が、

「ちびっと待ちなはれ、志明院の住職に電話して聞いてみるわ」

と言い、スマホを持って店の外へ出た。

美都子はその間、鎌田に尋ねた。

「藤田はんとはどのくらいお仕事ご一緒されたんですか？」

鎌田は、真剣な面持《おもも》ちで答える。

「はい、入社早々、秘書をさせていただいて、五年ほどです。普段は温厚《おんこう》な方でいらっしゃいますが、こと仕事には厳しくてさまざまなことを教えていただきました。人生というか……生き方のようなことも。ですから、今もたいへん尊敬申し上げております」

美都子は「やはり」と思った。鎌田は、藤田のことを慕《した》っているに違いない。

隠源はほどなく戻り、顔をしかめて言う。

「あかん、志明院の住職に聞いてみたんやがな、たしかに一昨日《おととい》まで泊まっていたそうやけど、また旅に出た言うてはる」

大崎社長が尋ねる。

「それで、行く先は？」

「わからんそうや。三井寺《みいでら》かもしれへんし、愛宕山《あたごやま》かもしれへんて」

「そうですか……」

がっくりと肩を落とす大崎社長を見て、美都子が言う。

「隠徳はんは隠源さんのお弟子さんなんやろ。どうにか連絡つける方法あるんやないの？」

「う～ん、今どきの坊主《ぼうず》と違《ちご》うて、あいつはスマホも持ってへんのや。たぶんテレビどころか新聞すら見ぃひんやろ。どうにもならへんのや」

大崎社長は、再び椅子に腰を下ろして項垂《うなだ》れた。その時だった。隠善が、

「おやじ、嘘ついてるんと違うか？」

と言う。

「う、嘘てなんや」

みんなが、隠源に顔を向ける。隠善が隠源の顔をのぞき込むようにして言った。

「怪しいで、おやじ。嘘ついたとき、いつも瞬《まばた》きが多なるんや。今もそうや、なんやスマホ持って表に出て、戻って来てからず～っと眼ぇパチパチしてる」

「な、なんや、お前、父親のこと疑うんか、眼ぇにゴミが入っただけや」

「そないしたら、スマホ見せてみぃ。電話の履歴見たらわかるさかい」

「……う～ん」

隠源は手にしたスマホを隠すようにして懐に仕舞《しま》った。それではもう、自分から白状《はくじょう》しているのと同じである。返事に窮《きゅう》するのを見て、美都子は声を上げた。

「どないいうことなん？　隠源さん」

「す、すまん。かんにんにゃ。隠徳との約束なんや。みんなも知っての通り、年に一度だけ、祇園祭の時期にサンタクロースになるために町に降りて来る。つい、二月《ふたつき》前にも、もも吉庵で会《お》うたやろ」

「へえ、みんなでお母さんの麩もちぜんざい食べましたなぁ」

隠源は、いかにも申し訳なさそうに話を続ける。

「それ以外にな、実は年にあと三度、うちへやって来るんや」

「うちてどこや？　うちの寺、満福院のことかいな」

と、隠善があきれて言う。

「そうや、寺の墓地や」

「なんやて？」

「墓地の掃除《そうじ》に来るんや」

隠源の話はこういうことだった。

隠徳は、亡くなった島原の子どもの供養のため、納骨式《のうこつしき》の少し後、島原家先祖代々の墓にお参りをした。墓の掃除をしていると島原が現れ、怒って花も線香も捨てられてしまった。「二度と墓に近寄るな」と言われたが、それでも隠徳は子どもの供養がしたいと考えた。そこで、春と秋のお彼岸、さらにお盆の、年に三回、墓掃除をすることにしたのだという。だが、島原家の墓だけを掃除したのでは、また島原にわかると不快な思いをさせてしまうだけだ。そこで隠徳は、彼岸とお盆の期間の始まる三日ほど前に、一日かけて満福院のすべての墓の掃除をすることにしたのだという。

隠善は、少し怒った様子で、

「僕は知らへんで、会《お》うたことない」

と言うと、隠源は、

「それはそうやろ、掃除のために山から下りて来る日には、お前には遠くの檀家さんへお経上げに行かせてるからなあ。敵を欺《あざむ》くにはまず味方から言うやろ」

「な、なんやて！　おやじ」

「まあまあ」

美都子は、父子げんかになりそうなのを宥《なだ》めつつ、隠源に尋ねる。

「それで、隠源さん。もうすぐお彼岸やけど、隠徳はんはいつ来はるの？」

「……」

「大崎社長はんが、困ってわざわざここまで来てはるんや。なんとか力になってあげてぇな」

「おやじ！」

大崎社長と鎌田が隠源に頭を下げる。隠源は、項垂《うなだ》れて眼を閉じた。そして、顔を上げると「やむなし」という表情で言った。

「……今日や」

「え⁉」

「え〜」

「なんやて！」

美都子も、もも吉も、隠善も。もちろん、大崎社長も鎌田も驚いて声を上げた。

隠源が、みんなに囲まれ、小さくなって言う。

「今頃、うちの墓地でせっせと墓石磨《みが》いとるはずや」

「え〜！」

「え⁉」

「なんやて〜」

一同は、またまた声を上げた。


隠徳こと藤田健は、もも吉庵にいる。つい先ほどのことだ。満福院のお墓を掃除していたら、わが師であり住職の隠源がやって来て、

「ご苦労さま」

と声を掛けられた。が、表情が硬《かた》い。

「どうされましたか？」

と尋ねると、

「全部言うてしもうた」

と言い、振り返って指を差した。そこには、見知った顔が並んでいた。

「社長！」

大声で叫んだのは、社長をしていた頃の秘書の鎌田だ。手に汚れた雑巾《ぞうきん》を持ったまま茫然《ぼうぜん》として立ち尽くす隠徳は、そのまま、一同に引かれるようにして、もも吉庵へ連れて行かれた。

もも吉庵は、L字のカウンターに背もたれのない丸椅子が六つ。角の定席《じょうせき》では、急に賑《にぎ》やかになったことにはしゃいだのか、おジャコちゃんが背伸びをして、

「ミャウ〜」

と鳴いた。

もも吉は、いつものようにカウンターの向こう側の畳の上に座っている。クリーム地の小紋《こもん》の着物で破れ格子《こうし》柄。帯は小豆《あずき》色に涼《すず》しげなすすきの柄。帯締めは薄い黄色である。いつもながら、凛《りん》とした雰囲気を漂《ただよ》わせている。

隠徳は、隠源、隠善と並んで背を正して腰掛けた。もう一方のカウンターには、かつて社長業をバトンタッチした大崎と、秘書の鎌田が座っている。ついさっき、墓地では美都子の姿もあったはずだが、今は姿がない。

誰もしゃべろうとしない。

壁の一輪挿《ざ》しには、赤い水引《みずひき》の花が二本、しな垂れている。

そんな中、もも吉が口を開いた。

「隠徳はん、大崎社長の話、まずは聞いてあげとくれやす」

大崎が、隠徳の方を向いて両手を膝《ひざ》に置き話し始めた。

「フジジャパングループが危機を迎えております」

そう言い、大崎は外資系ファンドから買収をかけられている旨《むね》を説明し始めた。

隠徳は、正直なところ、そこまで会社が追い詰められているとは知らなかった。

大崎が、力のこもった声で、

「どうか戻って来てください。もう一度、社長になってください」

と言った。鎌田が続けて、

「社長、お願いします。我が社のグループ会社がいくつもリストラされてしまいます。困窮者や障がい者などの社会事業が全部切り捨てられてしまいます。でも、社長が戻って来られたら、間違いなく大株主のみなさんは味方してくれます」

と言い、瞳をじっと見つめて来た。世捨て人同然となった自分を、今でも「社長」と呼ぶ鎌田が愛《いと》おしくも感じられた。

しかし、隠徳の答えは決まっている。

「否」である。

表情を見ただけで、おそらく大崎も鎌田も察しているに違いない。自分が汗水を垂らして築いた企業が乗っ取られてしまうのは辛い。身を裂かれる思いがする。しかし、ここは考えを曲げるわけにはいかないのだ。

「申し訳ない。わたしは罪を犯した人間なのです。譬《たと》えそれが法の裁《さば》きを受けるものではなくても、わたし自身がその罪を赦すことができないのです。ですから、そんなわたしが、社員のみなさんを幸せにするなどということはかなわないのです」

隠徳は深く頭を下げた。

大崎も鎌田も、落胆して言葉も出ない様子だ。二人には申し訳ないが、仕方のないことだ。隠徳は、ただただ詫《わ》びるしかないと思った。さらに深くカウンターに頭がつくほど背中を丸めた。すると、もも吉が思わぬことを口にした。

「あんさんに会《お》うてもらいたいお人がおりますんや」

「え？　それはどういう……」

隠徳がもも吉に問い返そうとすると……。

表の小路に面した格子戸が、ガラリと開く音がした。靴の音が二つ、飛び石を渡って来るのが聞こえた。そして、襖《ふすま》が開く。

「お母さん、見つかりました。お連れしましたえ」

と、美都子が顔を出した。もも吉が美都子の後ろから部屋に入って来た男に言った。

「さあさあ、島原はん、ここへお掛けやす」

そう言うとももも吉はおジャコちゃんを抱きかかえて、島原をL字のカウンターの角の席に座るようにと促した。島原は、事情もよくわからぬまま連れて来られたに違いない。店内をキョロキョロと見回している。

隠徳は、島原と眼が合った。

その瞬間、島原の瞳孔《どうこう》が大きく開いた。隠徳は、その瞳からなにかしら妖気《ようき》が漂ってくるのを感じた。

島原は、その日も朝からずっと藤田を待ち伏せして、摩利支天堂の御堂の前に座り込んでいた。建仁寺界隈で、自分がどれほど奇異《きい》な存在かも承知している。現実に藤田が現れるなどとは、信じてはいない。こうしていないと心の置き所がないのだ。

狛猪の陰で、膝を抱えてウトウトとしていると、声を掛けられた。

「こんにちは」

「……？」

眼を開けると、息を呑《の》むような美しい女性が立っていた。ジーンズに白のTシャツというカジュアルな姿なのに、どこか艶《つや》っぽく感じられた。

「お兄さん、島原さんどすなあ」

島原は突然のことに驚いてしまい、「はい」と答えることもできなかった。

「悪い話やあらしまへん。うちに付いて来ておくれやす」

と女性は言い、踵《きびす》を返すと歩き出した。ボ～ッとして腰を地面に下ろしたままの島原に、振り返ってこう言った。

「お兄さんが、ず～と会いたいて思うてはるお人に、うちが会わせてあげますさかい、付いて来ておくれやす」

島原は、呪文《じゅもん》を掛けられたかのようにおもむろに立ち上がった。

白いTシャツの女性のあとを追い、建仁寺の境内を通って花見小路へ出る。祇園甲部歌舞練場の前を通り、小路を右へ左へと曲がると女性が立ち止まった。観光客が入って来ない細い細い路地だ。

「ここどす」

といい、格子戸を開けて入っていく。島原は、辺りをキョロキョロと見回した。ここはお茶屋が立ち並ぶ花街だ。ということは、この町家《まちや》もお茶屋なのだろうか……。女性のあとに続いて飛び石を歩く。上がり框《がまち》で靴を脱いで上がり、襖を開けるとカウンターの席に腰掛けている三人のお坊さんの眼が、島原に向けられた。

カウンターの向こう側の畳に座っている和服姿の初老の女性が言う。

「うちはこの店の女将で、もも吉言います。さあさあ、島原はん、ここへお掛けやす」

L字カウンターの角の席を指さすが、事情が呑み込めず戸惑うばかりだ。

店内の薄汚れた法衣の男性と眼が合った。旅の雲水のようだ。

「え⁉」

相手も瞳を大きく開かせて、驚いているようだ。

「あんた、藤田……」

そう島原が口にしたとたん、雲水、いや藤田健が丸椅子からすっくと立ち上がった。島原は、驚いて半歩後ずさってしまった。藤田は、両手で薄汚れた法衣の襟を摑んで、グイッと開いた。

裸の胸が露《あら》わになった。

藤田の眼は、島原の眼を強く捉えて離さない。だがそれは、凍り付くほど悲しげで冷たい瞳だった。藤田が口を開いた。太く、低い声が店内に響いた。

「ここを……刺してください。お願いします」

もも吉が毘沙門天《びしゃもんてん》のように眉間にしわを寄せ、恐ろしい顔つきで言う。

「どないしはります？　島原はん。息子さんの仇《かたき》はここにいてはりますえ」

島原は胸の内ポケットからナイフを取り出して握り締めた。

「やめて～！」

ここまで連れて来てくれた美しい女性が金切《かなき》り声を上げた。

「お母さん、何言うてるの‼」

彼女の顔は真っ青で、唇が震えている。さらに、もも吉が続ける。

「今日はあんさんに復讐をさせてあげよう思うてお招きしましたんや。隠徳はんも、それを望んではる。思う存分やりなはれ」

雲水の格好をした藤田は、表情一つ変えない。

島原はなぜかわからないが動けないでいた。ずっと、復讐したいと探し求めていた男が目の前にいるのにだ。自ら胸をはだけて刺してくれと言っている。なのに、身体が動かないのだ。

そのまま沈黙が続いた。

誰も動かない。

誰もひと言も発しない。

一つ間違えば、恐ろしいことが起こるとわかっていた。

遠くでどこかの寺の鐘が鳴った。

それを合図《あいず》のようにして、もも吉が、一つ溜息をつき、裾《すそ》の乱れを整《ととの》えて座り直す。背筋がスーッと伸びたかと思うと、帯から扇を抜いて小膝をポンッと打った。ほんの小さな動作だったが、まるで歌舞伎《かぶき》役者が見得《みえ》を切るように見えた。

「あんさん、辛《つろ》うおしたなあ」

島原にはそのひと言で場の空気が、堅結《かたむす》びした糸が解《ほど》けるように和《やわ》らいだ気がした。

「そやけどなぁ。人を恨むゆうことは、相手を傷つけるよりも先に、自分自身を傷つけて苦しゅうなるもんやあらしまへんか。あんさん、えろう心傷ついたやろ。ほんま辛《つろ》うおしたなあ、よう耐えはったなぁ」

島原は、もも吉の言葉を聞き、胸が苦しくなった。

そして、なぜだか涙が込み上げてきた。

たしかにそうだ。この十年余りの歳月、誰でもない、自分自身を責め続けて来たことに気付きハッとした。もも吉は、先ほどとは打って変わって、やさしいやさしい、菩薩《ぼさつ》のような瞳を島原に向けて言った。

「島原はん、あんたなあ、ほんまはわかってはるんやろ」

島原はありったけの声で叫んだ。

「あ〜あ〜かんにん、かんにんしてください」

手から、ナイフが床に落ちた。

苦しくて苦しくてたまらない。

胸の奥にあるどろどろの塊《かたまり》を、どうにかして吐き出したいと思った。

「かんにんや、かんにん！　かんにんしてください」

涙が頬を伝うが、それを拭《ぬぐ》うこともなく続けた。

「かんにん、かんにんしてください。本当のことを言います。『あの日』の夕方や。夕ご飯の最中にうちの息子が『お腹が痛いから食べられへん』言うたんです。どうせまた人参《にんじん》が嫌いで嘘ついてると思たんや。『そんなわがまま言うなら食べんでええ、もう寝ろ』て怒鳴ってしもうた。そしたら……そしたら……。夜中に『お腹が痛い』言うて泣き出した。あの時、わたしがすぐに話を聞いて病院へ連れて行ってたら、息子は死なんで済んだんや。うちの奥さんにも何度もそのことを責められた。そやけど、俺は自分の過《あやま》ちを認めとうなかったんや。俺が自分で息子を殺したなんて思いとうなかったんや。あ〜、そうや、そうや、そうなんや。息子を殺したんは俺なんや。それがわかっているから、辛いから、苦しいから……藤田はん、あんたのせいやて責任をすり替えたんや。かんにん、かんにん。かんにんや〜」

島原は泣いた。

十年分、泣いた。

瞳が真っ赤に腫《は》れている。

それを見て、もも吉がそっと島原の右手を取った。今度は隠徳こと藤田の右手を取り、二人の手をそっと結ばせて一つにした。島原は、藤田の瞳からも涙があふれ、頬を伝うのが見えた。

島原の「あの日」の悲しい出来事は、ようやくここに終わった。

それから十日後のこと。

美都子は、新聞の見出しを見て知った。

「藤田健氏　社長に返り咲き」

「外資系ファンド、TOB失敗」

隠徳は還俗《げんぞく》して名を藤田健に戻し、社長に就任。そして、大株主の信頼を得て、フジジャパングループは買収の危機を回避したのだ。

思いが届かぬものと諦めていた人が、再び、現世《げんせ》に帰って来たのだ。美都子は、紙面にアップで写る藤田の顔を見て、頬がポッと赤らむのを覚えた。

第三話　思いやる　心も染めて山燃ゆる

「嘘《うそ》はダメだ。止《や》めておきましょうよ」

と、龍一《りゅういち》が言う。

目の前では三人のADが、谷底から拾い集めて来た大量のモミジの葉っぱを、せっせと地面に敷き詰めている。

龍一は、白のタートルネックに真っ黒なライダースジャケット。もちろん本革《ほんがわ》だ。それに合わせて黒のデニムパンツ。そんなシンプルな出《い》で立《た》ちがトレードマークの龍一を、いっそうカメラの見栄《みば》えがするようにと、カメラのバックに真っ赤に燃え立つモミジの絨毯《じゅうたん》を作ろうというのだ。

「リュウさん、これは嘘とは違う、演出の一つさ」

プロデューサーの広沢《ひろさわ》が答えた。

京都の洛北《らくほく》。

鞍馬《くらま》は安養寺山《あんようじざん》の麓《ふもと》。

日本庭園「白龍園《はくりゅうえん》」は、まさしく紅葉の見頃を迎えていた。

ここは、その昔、不老長寿の白髪白髭《ひげ》の翁《おきな》と白蛇を御祭神《ごさいじん》として祀《まつ》る山であったが、いつしか忘れ去られて荒れ地になっていた。それを、この地を手に入れた事業家が長い年月をかけ、地域の人たちと共に整備して築いた庭だと聞いている。旧・

鞍馬街道を見下ろす斜面には、五つのあずま屋と石灯籠《いしどうろう》が点在し、息を呑むほどに美しい苔《こけ》がむしている。よほどの手入れが施《ほどこ》された末の賜物《たまもの》としか言いようがない。

それだけに龍一は、苔を踏みつけるのがはばかられた。ましてや、一時の撮影のためにモミジを地面に撒《ま》く、などという奇をてらう行為《こうい》は納得ができなかった。

「終わったら、ちゃんと元通りにするから大丈夫だよ」

「いいや、ダメだ、ダメだ。そんなカッコ悪いことは」

広沢は、「またいつものが始まった」という苦虫《にがむし》を噛《か》みつぶしたような顔をした。

「仕方がないなあ」

龍一は、笑顔で答える。

「ありのままがカッコ良いんだよ」

「たしかに……」

広沢は龍一の言葉に納得したらしく、作業をしているADに向かって叫んだ。

「悪い！　モミジを敷くのは止めにする。元に戻してくれ」

ADの一番若い女性が、口を尖《とが》らせて言う。

「え〜そんなあ……」

あずま屋「鶯亭《うぐいすてい》」の前は、すでに十畳ほどもモミジで赤く染められていた。敷き詰めるのもたいへんだが、回収するのも手間がかかる。龍一は、腕まくりをすると、赤シダほうきを手にしてモミジをはき集め始めた。

「止めてください、それは僕らの仕事ですから」

とADの一人が言い、赤シダほうきを奪おうとする。

「いや、せっかく敷き詰めたのを途中で止めさせたのはオレだから」

と、龍一は黙々と片付けた。

佐久間《さくま》龍一は、ミュージシャンだ。

もうすぐ三十五歳になる。

二十歳のときにデビュー曲がそこそこヒットしたものの、そのあとは鳴かず飛ばず。正直、かなり投げやりになった時期があった。しかし、この数年、立て続けにヒット曲に恵まれ、スターの仲間入りをした。特に、二十代、三十代という仕事に恋愛や結婚、子育てなど悩み多き世代に人気があり、カリスマ的な存在だ。

新曲を出すたび、多くファンがネットのPV（プロモーションビデオ）を何度も繰り返して聴く。

♪辛《つら》いんだよね　生きるってことはそういうものさ

淋《さび》しいんだよね　誰でもみんな淋しいものさ
泣きたいんだよね　そういうときには泣いたらいいさ
でもね
でもね……

評論家いわく、龍一の作る曲は「先行きの不透明な時代、不安を抱える人たちに勇気と希望を与える」のだそうだ。テレビにはほとんど出ない。CMやテレビドラマ、バラエティ番組にも出演依頼が多いが、めったに受けることはない。活動は、ライブツアーと年に一枚のアルバム作りが中心だ。

しかし、今回は特別だった。もう人生を諦《あきら》めかけていたとき、それまでの誤った生き方を正してくれた恩人からの頼みだったので、二つ返事で引き受けたのだ。

特別企画の「龍一アコースティックソングス～京都紅葉ライブ」というテレビ番組だ。十一月の日曜日夜十時、四週にわたるシリーズもので、龍一が京都の紅葉の名所を訪ねて案内する。そしてエンディングに、錦繍《きんしゅう》の風景をバックにギター一本でヒット曲を歌う。

すでに、二週にわたり京北《けいほく》の常照皇寺《じょうしょうこうじ》と栂尾《とがのお》の高山寺《こうさんじ》は、ロケも放映も無事に終わっている。そして、今日が三週目の白龍園でのロケだった。普段は非公開の庭園だが、桜と紅葉の時期に人数を限って特別観覧《かんらん》を行っている。

作業が終わると、龍一はカバンから使い捨てカイロを取り出した。

「お〜い、みんな。手が悴《かじか》んだろ。コレ使ってくれ」

と言い、ADに順に手渡していく。冷え込むのを予想して用意して来たのだ。

「カメラさんも、照明さんもどうぞ」

広沢が半分あきれつつ、ADたちに言った。

「いいか、こういうこと、本当はお前たちの仕事なんだぞ」

「いいんだよ、オレが好きでやってるんだから」

「チェッ、お前って奴は……じゃあ、リハ行くぞ！」

スタッフが一斉《いっせい》に持ち場へと散った。


「お疲れさんどした。ご無理言いましたなあ。そやけど、今度の日曜日の放送も楽しみどすなぁ」

もも吉《きち》がそう言うと、美都子《みつこ》もはしゃぐように声を上げる。

「うちも撮影、付いて行きたかったわあ。予約のお客様が入っててどうにもならんかったんどす」

美都子は、いかにも残念という顔つきをしている。

ここは、もも吉庵《あん》。元・お茶屋の女将《おかみ》のもも吉が営む甘味処だ。

その娘の美都子は、タクシードライバーをしている。一方、ときおり芸妓《げいこ》として
お座敷も務《つと》めるという花街《かがい》では珍しい存在だ。

龍一が、もも吉庵を訪ねるのは半年振りのことだ。

祇園《ぎおん》の真ん中を南北に貫く花見小路《はなみこうじ》は、観光客でにぎやかだ。だが、左へ右へと小路を曲がると人影ひとつなくなる。その小路の町家《まちや》の格子戸《こうしど》を開けると、飛び石が連なり「おこしやす」と誘《いざな》ってくれる。框《かまち》を上がると、襖《ふすま》の向こう側は別世界だ。

L字のカウンターには丸椅子《いす》が六つ。

その向こう側の畳敷きでは、いつも、もも吉が正座をして出迎えてくれる。

今日は結城紬《ゆうきつむぎ》の着物に、可愛らしいスズメと稲の柄の帯を締めている。帯締めは白に小豆《あずき》色の染め分けぼかし。晩秋を思わせる装《よそお》いだ。

「ミャア〜ウ、ミャ〜ウ」

角の丸椅子で眠っていたおジャコちゃんは目が覚めたらしく、精一杯身体を伸ば

して背伸びをした。アメリカンショートヘアーの女の子だ。ピョンと床に飛び降りると、龍一の足元にすり寄ってくる。

「なんやおねだりしてるんと違いますか？」

もも吉に言われ、龍一は、

「ああ、ごめんな、忘れてた」

と言い、ポケットから包みを取り出した。

「はいっ、削り節だよ」

龍一が、封を切って手のひらに取り出すと、おジャコちゃんは龍一の膝にヒョイッと飛び乗り削り節をクンクンと嗅《か》いだ。

「新幹線に乗る前に日本橋の鰹節《かつおぶし》屋さんに寄って買って来たんだ。枕崎《まくらざき》の最高級の本枯《ほんが》れだよ、お食べ～」

「まあまあ、おおきに。ほんま気が利かはりますなあ」

と、もも吉が言うと美都子が、

「猫にまでモテてどないするん？」

と茶化《ちゃか》した。どうやらお気に召したらしく、おジャコちゃんは夢中で削り節を食べている。大のグルメで、安物のペットフードは猫跨《また》ぎしてしまうのだ。

「もも吉お母さんと美都子さんには、こちらを。本当は、大好物の風神堂《ふうじんどう》さんの

『風神雷神《らいじん》』をお持ちしようと思ったんですが……せっかくの鞍馬での仕事でしたので」

と、カバンから取り出す。もも吉が、眼を見張った。

「ああ、鞍馬と言えば、これどすなあ。多聞堂《たもんどう》さんの牛若餅《うしわかもち》や、うちの好物どす。早《はよ》うに売り切れて無《の》うなる聞いてますのに、よう買えましたなあ。おおきにおおきに」

「とんでもないです」

栃《とち》の実を練り込んだ餅でこしあんを包み、「牛若餅」と焼き印が押してある。

龍一が大の甘党であることはオフレコだ。龍一自身は特にかまわないのだが、龍一のクールなイメージに饅頭《まんじゅう》やケーキは合わないという事務所の方針らしい。だから龍一は、控室で誰にも見られないようにして、いつもこっそりと「風神雷神」を食べている。

「そうそう、新曲も大ヒットやてなあ。おめでとうさんどす、あんさんの人気もまさしく牛若丸。一の谷の戦いみたいに八面六臂《はちめんろっぴ》の大活躍や」

「いやいや、全部もも吉お母さんのおかげです」

「うちは何もしてしまへんえ」

「あの日、もも吉お母さんに叱られなかったら、今のオレはありませんから」

「そんな、叱るやなんて人聞きの悪い」

「ごめんなさい。なんといったらいいか、迷い道から陽の射す方へと人生を導いてもらったおかげです」

「そないな大袈裟《おおげさ》な。うちはただ、祇園の『粋《いき》』いうもんをお伝えしただけどす」

龍一は、ほんの五年ほど前、売れなくて自暴自棄《じぼうじき》になっていた。それを思い出すと、今も恥ずかしくて顔が赤くなる。

龍一は、中学生の頃からギターで曲作りを始めた。たまたま学園祭のステージで歌って喝采《かっさい》を浴びてから、大勢の前で歌うことに取り憑《つ》かれてしまった。高校二年のとき、自作の曲をコンテストに応募。それが審査員の目に留まり、特別賞を受賞しメジャーデビューが決まった。まさしく、シンデレラボーイである。

高校を中退して音楽活動に専念したいと言うと、父親の猛反対にあった。

「お前に才能があるかどうか俺にはわからん。そやけど、世の中、そうそう甘いもんやない。まずは大学に行ってから考えろ」

「オレは才能を認められたんだ。何もわからんオヤジに指図はされん」

と言い返した。勝手に高校を中退して家を出た。正直、自信などなかった。ただ、父親を見返してやりたいという思いだけが、エネルギーになった。

幸い、デビュー曲はそこそこ話題になりヒットした。テレビにも出た。母親に電話をして放送日を伝えると、「必ず観るよ」と言ってくれた。しかし、「オヤジに観るように言ってくれ」とは、口が裂《さ》けても言わなかった。

ライブ会場では出待ちの女の子に取り囲まれる生活になった。サインを求められ、最初は嬉《うれ》しくて書きまくっていたが、やがて「事務所にサインするなって言われているから」と断るようになる。もちろん、嘘だ。面倒《めんどう》になったからだ。今なら、わかる。天狗《てんぐ》になっていたのだ。

天狗になった者の行く末は、いつの時代も決まっている。凋落《ちょうらく》だ。次の曲も次の曲も鳴かず飛ばず。そうなると、事務所も冷たくなる。「期待の新人」はお荷物となり、担当マネージャーも付かなくなった。小さなライブハウスを回るだけでは生活ができず、ビデオショップなどでアルバイトもした。心が荒《すさ》むと、いくら曲を書こうと思っても、何も浮かんでこない。

そんな時、父親が危篤《きとく》だと母親から連絡が入った。

しかし、そんな体《てい》たらくでは合わせる顔がない。というよりも、父親の言うことを聞かずに「音楽で身を立てる」と言って家を飛び出したという意地もあった。迷い悩む中、五日、十日と時が過ぎた。たまたま、スマホをトイレに落としてしまい、買い替えた。神様は、不遇《ふぐう》の者には思わぬ意地悪をするらしい。新しいスマホの電源を入れると、母親から留守電とメールがたくさん入っていた。

父親が亡くなったという知らせだった。葬儀に間に合わず、事務所にも顔を出していなかったので、連絡がつかなかったらしい。親戚から白い目で見られた。

眼を真っ赤に腫《は》らした母親に言われた。

「お前が帰ってきたらって、お父さんに頼まれていたのよ」

「え⁉　……なんて」

「帰ってきたら、やさしくしてやれって」

そして、龍一が載《の》っている音楽雑誌や新聞記事のスクラップを見せてくれた。中には、テレビやラジオ番組欄の「佐久間龍一」という文字だけのものもあった。すべて父親が切り取ったものだった。

泣いた。

でも、もう遅かった。

父親の言う通りだった。自分には才能がなかったのだ。父親に逆らって音楽の道に行き……挫折した。せめて、せめて、一言、父親に言いたかった。

「オヤジ、ごめん」

と。

父親の実家は、京都だ。佐久間家の墓は建仁寺《けんにんじ》の塔頭《たっちゅう》・満福院《まんぷくいん》にある。納骨式《のうこつしき》で訪《おとず》れたときは、寒風が吹きつける凍《い》てつく日だった。法要《ほうよう》を済ませると、一人ふらりと寺から出た。祇園の街を彷徨《さまよ》うように歩くうち、小路《こうじ》を曲がったところで小さな社《やしろ》を見つけた。鳥居《とりい》の扁額《へんがく》に、

「有楽稲荷大明神《うらくいなりだいみょうじん》」

とあるのを見て、ふと思い出した。法要を終えて雑談になった折り、満福院の住職が話していた神社だ。織田信長の弟の織田長益《ながます》、別名・有楽斎が祀《まつ》られているとのこと。有楽斎は利休《りきゅう》の十哲《じってつ》に数えられる有名な茶人だ。そのため、舞妓《まいこ》・芸妓が舞や三味線《しゃみせん》、謡《うた》いなどの「芸事精進《しょうじん》」の祈願《きがん》に訪れるらしい。龍一も、夢を諦めかけてはいるものの、芸能に携《たずさ》わる者のはしくれだ。僅《わず》かばかりの小銭を賽銭箱《さいせんばこ》に入れ、神妙《しんみょう》に手を合わせた。

「ヒット曲を出させてください」

と、心の中で呟《つぶや》いてはみたものの笑いが込み上げてきた。昔の人はよく言ったものだ。「苦しいときの神頼み」と。まさしく龍一自身のことではないか。鳥居の脇で、ジャケットの内ポケットからタバコを取り出して火を点けた。空を見上げて、煙を吐く。小路を囲む屋根の間から、空が小さく見えた。

「オレの人生、こんなに早くに勝負がついたか」

と呟き、溜息《ためいき》をついた。そして、もう一本のタバコに火を点けると、背の方から声がした。

「お兄さん、何してはるんや」

「え？」

振り返ると、着物姿の初老の女性が立っていた。

「何って……タバコを」

「そんなん見たらわかりますがな。そうやない。そないなところに、タバコの吸い殻《がら》捨てて、どないするんやて言うてますのや」

タバコは、高校生のときから吸っていた。それは、黒いコスチュームや太いネックチェーンと同じく、龍一のカッコ良さを演出する必需品だった。

女性は、眉《まゆ》をキッと吊《つ》り上げ、怖《こわ》い仏像のような顔をして言った。

「拾いなはれ」

有無《うむ》を言わさぬ空気に圧《お》されて、龍一はしゃがんで吸い殻を拾った。すると、女性はさらに言う。

「それもや」

指さす方を見ると、ガムの包み紙が落ちていた。龍一が、

「それはオレが捨てたんじゃない」

と言うと、冷たく凍《こご》えるような声が放たれた。

「それがどないした言うんどす？　誰が捨てたもんでも、拾うたらよろしいでっしゃろ」

有無を言わさぬ「氣《き》」が伝わってきた。やむなく龍一はそのゴミを拾った。すると、数歩先の枯れ葉に目が留まった。勢いというのだろうか。それも、拾った。そのあと、どうしたことか、小路に点々と落ちていたゴミや枯れ葉を拾ってしまい、アッという間に両手に余るほどになった。風に舞って来たのだろうか。狭いがゆえに小路が吹き溜まりになっているに違いない。

女性は、先ほどとは打って変わり、にこやかな微笑《ほほえ》みを浮かべて言う。

「感心なお人どすなあ。ここに入れなはれ」

と、女性は着物の袂《たもと》からレジ袋を取り出すと龍一に差し出した。そして、

「今日は冷えますさかい、温《ぬく》いもんご馳走《ちそう》してあげまひょ」

と言い、スタスタと歩き始めた。龍一が戸惑《とまど》っていると、

「何してはるんや、風邪《かぜ》ひきますえ。早《はよ》う付いて来なはれ」

と、まるで袖を引くが如き言い方だった。

そうして、やって来たのが「もも吉庵」だった。

「申し遅れましたが、うちはもも吉言います。昔、祇園甲部で芸妓をしておりまし

た。そのあと、お茶屋の女将を継いで、なぜか今、こないな甘味処を営んでます。これも有楽稲荷さんのご縁どす。うちが拵《こしら》えた麩《ふ》もちぜんざい召し上がっておくれやす」

そう言い差し出されたぜんざいに身体はもちろんのこと、どれほど心の奥底まで温められたかしれない。食べ終えると、もも吉は、少し乾いたような口調で言った。

「お兄さん、なんやカッコ悪うおすなあ」

龍一は、ムッとした。今は、ヒットもない、曲もできない。しかし、ミュージシャンとして格好《かっこう》だけは気を付けている。

その心の内が伝わったのだろうか。もも吉は一つ溜息をついたかと思うと、裾《すそ》の乱れを整《ととの》えて座り直した。いっそう背筋がスーッと伸びた。帯から扇《おうぎ》を抜き、小膝をポンッと打つ。ほんの小さな動作だったが、まるで歌舞伎《かぶき》役者が見得《みえ》を切るように見えた。

「あんさん、勘違《かんちが》いしてはるんと違いますか?」

急に、「お兄さん」が「あんさん」に変わった。

「オレは、カッコ悪いと言われたことは一度もありません。いつもカッコ良いと言われています」

もっと乱暴な言い方をしたかったが、寒空の下、ぜんざい一杯でも恩義がある。努めて丁寧《ていねい》な言葉遣いをした。

「見てくれのことは言うてまへん」

「見てくれ？」

「そうや、見てくれや。あんさんの思うカッコ良いうんは、外見のことやろ。うちが言うんは、生き方のことや」

「生き方？」

もも吉は、まるで子どもに諭《さと》すように語り始めた。

「ええどすか。吸い殻捨てるんは、マナー違反や。場所によっては法律にも触れる。そやけど、うちはそないなこと咎《とが》めてるんと違います。吸い殻捨てたら、道端が汚《きた》のうなる。そのゴミはどないなる思います？」

「……それは」

「それはこの街の誰かが掃除します。あんさんの知らん、祇園で商《あきな》いするお人らや。店の前にゴミがあったら店の信用に関わりますさかいになあ。つまりや、あんさん、吸い殻捨てはって、それが人の迷惑になるいうことがわかってへんいうことや。そういうお人のことを、うちは『カッコ悪うおす』て思うてるんや。自分の都合《ごう》しか考えへん。他人がどうなってもええ。あんさんは、そないなお人やいうことや」

龍一は、返す言葉がなかった。しかし、荒んだ心にはひどく堪《こた》えた。もも吉は、きっと最初から説教したくてオレをここに連れて来たに違いない。人は歳を取ると、上から目線で人の道を説《と》きたくなるものらしい。

「それなら、なんでぜんざいをご馳走してくれたんですか？」

「それはなあ、まだ救いどころがあるて思うたからや」

「救いどころ？」

「そうや、あんさんは、有楽稲荷さん辺りのゴミ、ぜんぶ拾うたやろ。根っから『カッコ悪い』わけやない思うたんや。ひょっとすると、まだ間に合うかもしれへんてな」

「間に合う……？」

「そうや、見たところあんさん、元気がないようや。当たってなかったらかんにんや。仕事何してはるんかわからへんけど、上手《うま》くいってないんと違いますか。そやけど、心配せんでもええ、大丈夫や。うちの思うところの『カッコ良い』お人になったら、仕事も上手くゆくようになるさかい」

龍一は、「それにはどうすれば……」と聞き返しそうになったが、いかにもさもしいような気がして、グッと堪《こら》えた。

「ええどすか。うちの思う『カッコ良い』いうんは、心根《こころね》のカッコ良さのことや。元気のない人にやさしい言葉掛けてあげたり、黙って温いお茶を淹《い》れてあげられるお人のことや。それも、さりげのうや。そやけど自分のことばかり考えてる人にはでけへん。周りのこと考えとらんとでけへん。あんさん、今まで、どうどした」

　答えるまでもなく、そんな心の余裕はどこにもなかった。曲をヒットさせたい、売れたい、という思いで精一杯だった。

「でも……」

　と言いかけると、心の中を読むようにもも吉が言う。

「あんさんの思うてることは手に取るようにわかりますえ。いくらカッコ良く生きても、それが仕事とどない結びつくいうんやて首ひねってはるんやろ」

「は、はい」

「要するになあ、信頼される人には、信頼されてる人が近づいてくる。それを人望いうんや。祇園にはいろんな世界で活躍されてるお人が遊びに来はります。そやけど浮き沈みも早い。政治家、社長はん、歌舞伎や映画の俳優、芸術やらはるお人。そん中で、ポッと出て、サーッと消えていかはるお人も、ぎょうさん見てきました。これは理屈やおまへんのや。人の世の摂理《せつり》なんどす。自分のことより人のこと気遣うお人が一等賞獲《と》らはるんや。不思議なことどすけどなあ」

龍一には、何も尋《たず》ねることはなかった。腹の奥にストンと落ちたのだ。

「また心が疲れたら、いつでも来なはれ。話くらいは聞いてあげますさかい」

そう言われ、龍一はもも吉庵を後にした。

東京への帰り道、龍一は心に決めた。これからは、「カッコ良い」か「カッコ悪い」かを日々の行いの基準にしようと。


ガラガラッ。

表の格子戸が開く音がした。

草履《ぞうり》の音が止まったかと思うと襖が開き、大声が店内に鳴り響いた。

「遅うなってしもた。麩もちぜんざいは残ってるか〜」

そう言い、龍一の姿を見るなり眼を見張るのは満福院の住職、隠源《いんげん》だ。

「あ〜来てはったんか！　テレビ観てるでぇ観てるでぇ」

後ろから息子で副住職の隠善《いんぜん》も入って来た。父親の納骨に来た際には、まさか、満福院とももも吉庵に繋《つな》がりがあるなどとは思ってもみなかった。

「そうやそうや、サイン書いてもろうてもええかな」

「はい、喜んで」

もも吉が、隠源を窘《たしな》めるように言う。

「龍一はんはお忍びで来てはるんや。じいさんも少しは気ぃ遣ったらどないや」

「誰がじいさんやて……まあいい。そやかて、檀家《だんか》さんに頼まれてるんや。ついつい、龍一はんと知り合いや言うてしもうて。何しろ、飛ぶ鳥を落とす勢いの佐久間龍一は、うちの寺の檀家やからなあ」

「いいですよ何枚でも。あとでお寺へお届けしますね」

「おおきに、檀家のおばちゃんら喜ぶわ」

美都子が言う。

「隠源さん、ほんまは先斗町《ぽんとちょう》のママさんや女の子に頼まれたんやないの？」

「グッ……」

どうやら図星《ずぼし》の様子だ。

「じいさんだけ罰《ばつ》で、麩もちぜんざい抜きや。さあさあ、みんなで食べまひょ」

「そんな殺生《せっしょう》な～」

と、隠源が頭を抱えた。そうは言うものの、ちゃんと隠源の分も茶碗《ちゃわん》が運ばれて来た。清水焼《きよみずやき》の茶碗のふたを開けて、隠源が声を上げた。

「うわあ、モミジや」

「ほんま、もも吉お母さん、きれいやなあ」

と、隠善も茶碗をのぞき込む。麩もちが、美しいモミジの色形をしているのだ。龍一は幸せだった。五年前までは考えもしない今日というこの日、この時。良きスタッフに恵まれ、多くの人たちが自分の歌を口ずさんでくれること。すべて、もも吉の教えに従ったおかげである。

龍一はこの感謝の気持ちを、どこかの誰かに繋げていかなければと思った。

目の前で、斉藤朱音《さいとうあかね》が、ペコペコと何度も頭を下げている。

「すみません、すみません」

「あんた、この忙しいのにいったいどこ行っとったんや」

若王子美沙《わかおおじみさ》は、あきれてものが言えない。

「は、はい……お客様に建仁寺に行くにはどうしたらいいですかって……」

先ほど、店内に入って来た年配《ねんぱい》の夫婦に道を尋ねられたという。

「そんなん、そこの大和大路通《やまとおおじどおり》をまっすぐ下《さ》がったらええだけやないか」

京都では南へ行くことを「下《さが》ル」、北へ行くことを「上《あが》ル」という。

「あ、あのう……奥様の足元がふらついていて心もとなくて。お二人の荷物を持って差し上げたら、ご主人が奥様の腕を取ってあげられるんじゃないかと思って建仁寺までご案内してきました」

若王子は、安土桃山《あづちももやま》時代創業の老舗《しにせ》和菓子店「風神堂」の社員だ。高卒だが、努力を積み重ねて来た成果が認められ、南座前《みなみざまえ》店の副店長を拝命《はいめい》している。さらに、次は店長にという噂《うわさ》もある。

ところが、若王子の足を引っ張るのが、この朱音なのだ。とにかく、のろまで仕事が遅い。それだけならまだしも、殊《こと》のほか不器用で、どれほど練習しても菓子箱の包装がいまだに上手くできない。南座前店は四条通《しじょうどおり》に面しており、八坂《やさか》神社にも近いことから一日中観光客が大勢訪れる。モタモタしていては、店が回らない。

朱音の顔を見ると、若王子はついつい眉が吊り上がってしまう。

「道尋ねられただけやろう。なんも買《こ》うてもろてへんのやろう。お客様でもないのに、三十分も店空《あ》けてどないするんや。早《は》よ、包装の続きしなはれ」

「は、はい」

この前も、急に雨が降り出したときのことだった。傘《かさ》を持っていないお客様も多く、濡《ぬ》れてしまった人もいる。すると、奥で包装作業をしていた朱音が、何本かのタオルを手に持って店頭に出て来た。若王子は、「いつの間に」と感心した。突然の雨を想定して、タオルを準備していたのだ。いつも理由もなく叱りつけているわけではない。褒《ほ》めるときには褒める。それがマネージャーの役割である。

ところが、だ。タオルを店先の棚にでも置いておき、「ご自由にお使いください」とメッセージを書いておけばいいのに……一人ひとり、お客様の頭やスカートの裾を拭《ふ》いて回るのだ。

「気遣いはわかる。そやけど、なんでそこまでやるんや？」

と言うと、キョトンとしてこう答えるのだった。

「なんでって……普通です」

ここが朱音を理解できないところだ。「普通」っていったい何なのだ。時として会話が成り立たないのである。

本社人事部の同期・岡田裕子《おかだゆうこ》から聞いた話では、華道家元の記念行事の大きな注文が、朱音を名指しで入ったことがあったという。普段の朱音の仕事ぶりからして「親戚のコネじゃないの？」と社内では言われている。また、茶道の名家・桔梗流《きちこうりゅう》の跡取り息子から気に入られている様子。しかし、これも、世間知らずで人を見る目を持ち合わせていないボンボンの勘違いだと思われた。

「すみませ～ん」

そうお客様に声を掛けられて、若王子は振り向いた。そこには、黒のデニムパンツに白のタートルネック、真っ黒なライダースジャケットを羽織《はお》った背の高い男性が立っていた。黒いサングラスをして、目深《まぶか》に紺のキャップを被《かぶ》っている。

「この『風神雷神』のセットを二組ください」

「は、はい……おおきに」

若王子は商品に伸ばす手が、自分でも震えているのがわかった。他の誰もわからなくても、若王子にはわかった。目の前にいるのは、リユウだ。佐久間龍一に間違いない。どんなに顔を隠しても、その声でわかってしまう。デビュー以来の大ファンなのだ。

若王子は、興奮を抑えることができず、お釣りを間違えてしまった。

「サインをもらえばよかった」と気付いて後悔したのは、帰宅してお風呂に入っているときのことだった。


朱音は大学を卒業すると老舗和菓子店「風神堂」に就職した。銘菓《めいか》「風神雷神」は進物の高級ブランドとして有名だ。東京の銀座をはじめとしてセレブ御用達《ごようたし》のオシャレなカフェも展開している。

生来の不器用。そして動作が緩慢《かんまん》。就活では学生に人気が高い。人には「のろま」だと言われる。なぜ、入社できたのか自分でもわからない。店舗や工場での現場研修の後、社長秘書の辞令が出た。「なんであの娘《こ》が?」と、社内でも不思議がられている。

風神堂では観光シーズンになると、各店舗から本社へ接客スタッフの応援を要請《ようせい》する。朱音は今週、四条通に面する風神堂南座前店へ手伝いにやってきた。

しかし、少しも役に立ってない。特に苦手なのが、菓子箱の包装だった。つい昨日のことだ。朱音は、いつものように「丁寧に丁寧に」と心掛けて、お客様が買われた商品を包装していた。だが、

「電車の都合があるのよ、急いでくれるかしら」

と頼まれた。それがいけなかった。「急がなくちゃ」と思えば思うほど上手く包めない。何枚も包装紙がくしゃくしゃになった。そこへ、副店長の若王子が駆け寄って来て、包装を手伝ってくれた。……というよりも、全部やってくれた。

「お客様、たいへんお待たせいたしました。この者は先日、入社したばかりの新人でして申し訳ございません」

「あら、そうなのね。誰にも新人のときはあるわよ。頑張ってね、あなた」

待ちくたびれて苛立《いらだ》っていたにもかかわらず、やさしい微笑みを朱音に向けて、お客様は店から出て行った。朱音はもう新人とは言えないのに……。

「なんか手伝いじゃなくて、足手まといですね」

学生アルバイトの二階堂《にかいどう》が、そう言うのが聞こえてまたまた小さくなった。恥ず

かしくて、穴があったら入りたかった。

朱音は泣いていた。努力しているつもりなのだが、いつも副店長の若王子に叱られる。自分がのろまで不器用なせいだとわかっている。「なんとかしなければ」と、休みの日には必ず包装の練習をしている。でも、ちっとも上達しないのだ。悲しくて悲しくてたまらなくなると、朱音は時々、祇園甲部《こうぶ》の小路にひっそりと佇《たたず》む有楽稲荷にやってくる。風神堂南座前店からは歩いて数分だ。

「お稲荷さん、どうかどうかお願いします。お菓子の包装が上手く早くできるようになりますように」

有楽稲荷大明神は、花街の芸妓・舞妓から「芸事精進」の信仰を集めている。「お菓子の包装も三味線も、手先を使うのは同じだから、お稲荷さんのご利益《りやく》があるかもしれない」と思ってのことだ。

「なんや朱音ちゃん」

その声に振り向くと、美都子お姉さんだった。今はタクシードライバーをしているが、元々、祇園甲部で№1の芸妓だったと聞いている。

「なにメソメソ泣いてるんや。また叱られたんか？」

「……ぐすん」

「悲しいときには泣くのもええ。そやけど泣いてるだけでは解決せえへん。ついて来なはれ」

朱音が連れて来られたのは、「もも吉庵」だ。風神堂の京極《きょうごく》社長のお供で何度か訪れたことがある。女将のもも吉は、祇園生まれの祇園育ち。十五でお店出しをして舞妓に、二十歳で芸妓となった。そのあと、三十三歳で母親が急に亡《な》くなったためお茶屋を継いで女将になったが、今は、故《ゆえ》あって甘味処に衣替えをしているという。

看板はない。いわゆる「一見《いちげん》さんお断り」の店だ。店はL字のカウンターに丸椅子が六つ。カウンターの向こう側の畳の上に座ったもも吉お母さんが、

「なんや久しぶりやねえ、朱音ちゃん」

と、やさしく出迎えてくれた。

「この娘《こ》、有楽稲荷さんとこで泣いてたんよ」

「まあまあ、まずは麩もちぜんざいでもご馳走しまひょ」

麩もちぜんざいは、もも吉庵の唯一のメニューだ。それを食べに、花街の人々がやってくる。でもそれは口実。真の目的は、もも吉お母さんに悩み事の相談に乗ってもらうことらしい。

「ごちそうさまでした」

甘い物を食べたら、少し元気が出てきた。朱音が手を合わせて御礼を言うと、

「泣きたいくらい辛いことがあるんやなぁ。なんでも吐き出してみなはれ」

と、もも吉お母さんに言われた。美都子に、

「それがええ。人に話聞いてもらうだけで心が軽うなるて言いますしなぁ」

と促され、朱音は「のろま」な恥ずかしい話をした。たくさん、たくさん。また
また悲しくなり、涙が零《こぼ》れてくる。

店内が静寂《せいじゃく》になった。もも吉お母さんが淹《い》れてくれた熱いお茶を一口、飲んだ。

「なんも心配せんでもええ。朱音ちゃんは今のまま生きなはれ」

「え？　今のまま？　……でも、でも、また叱られます」

「大丈夫や、気張《きば》って生きてはるお人のことはなぁ、お天道様《てんとうさま》がちゃんと見てくれ
てはるさかいになあ」

「お天道様が？」

「そうや、お天道様や」

朱音は、ただキョトンとして聞いていたが、「一人じゃないんだ。わたしなんか
の事を心配して聞いてくれる人がいる」と思うと嬉しくて仕方がなかった。

若王子美沙は、今週はストレスが少なくて、毎日が充実していた。あの「のろま」な斉藤朱音が、本来の社長秘書の仕事が忙しいらしく、代わりに優秀な女性社員の高田《たかだ》が派遣《はけん》されて来たからだ。

副店長になってから、自分の仕事に対する心掛けを、支店のモットーとして掲げた。それは、「笑顔でテキパキ」と「能率効率」である。先週はたいへんだった。朱音は、まさしく真逆の「非効率」人間。いつもイライラさせられる。高田は、それを取り戻してもお釣りがくるほど、スピーディにバリバリと働いてくれている。できることなら朱音には、もう南座前店には来ないでほしかったが、また明日から南座前店に派遣されてくるという。とにかく、できるだけ接客はさせないようにしようと思っている。


午前十一時三十分。

美沙は、時計の針を見ながらウキウキとする気持ちを抑えられずにいた。

仲の良い妹の美優《みゆ》が半年ぶりに京都へ来るのだ。その妹とは双子《ふたご》なのだが、まったく性格が違う。自分は、石橋を叩《たた》いて渡るタイプ。決してミスをしないように計画的に事を運ぶ。無茶《むちゃ》をしない代わりに、「ここぞ」と決めたら突き進む。

それに比べ、美優は冒険心あふれるアクティブな性格だった。高校二年の夏休みには、一人で北海道へ旅行に行くと言い出した。勝手に決めてしまったので、母親はもちろん美沙も最後の最後まで反対した。しかし、それを振り切って出掛けてしまう。一月後《ひとつき》、「あ〜楽しかった」と、元気に真っ黒に日焼けした顔で帰ってきた。身体のあちこちにアザを作って。

その旅行が美優の人生を変えた。釧路《くしろ》湿原で聴いた野鳥の声に魅了《みりょう》され、野鳥の鳴き声をあちこちの公園や河原へ聴きに行くようになった。それだけでは飽き足らず野鳥の研究観察会に入り、大学では生物学を専攻し、教室の仲間と全国を旅するようになった。さらにさらに……卒業後は、大学で動物生態学の教鞭《きょうべん》を執《と》る男性と結婚してしまった。

美優は、夫の勤める大学のある東京で暮らしている。でも、美沙は今でも美優とは大の仲良しだ。年に一、二度、東京から来て、何日も美沙のアパートに泊まる。それとはいっても、本当の目的は野鳥の観察会に参加することだとわかっている。それでも、毎晩、夜遅くまで二人でおしゃべりをするのが楽しくて仕方がない。

その美優から昨日、

「午後二時くらいに京都駅に到着する新幹線に乗るね」

と連絡があった。会社には、今日は「午後休」の休暇申請を出してある。もう待ち遠しくてたまらない。

　ところが……こういうときに限ってトラブルは発生する。

　上得意のお客様からクレームの電話が入った。

「ああ、湯川《ゆかわ》様、いつもいつもありがとうございます」

「昨日な、高田さん言わはる女の店員さんに接客してもろうて進物用の『風神雷神』買《こ》うたんやけど、さっき出掛けよう思うたら包装がゆがんでることに気付いたんや。ぎょうさんやない、ちびっとなあ。そやけどこれはお世話になった人へ御礼に持ってくもんなんや。申し訳ないけど、きれいに包み直したのと交換してくれへんやろか」

「それはそれはたいへん申し訳ございません。すぐに新しい商品と交換に伺《うかが》います」

「そうそう、高田さん叱らんといてあげてな。えろうテキパキして感じのええお人やったさかい」

「そんなことまでお気遣いいただき、ありがとうございます」

　若王子は電話を切って溜息をついた。応援に来ている高田のことは、仕事が速いと評価していたのに……。すぐそばで電話に聞き耳を立てていた、アルバイトの二階堂が尋ねてきた。

「クレームですか？　たいへんですねぇ」

「そうなのよ、大原《おおはら》まで行かなくちゃならなくて……」

「オレ、行きましょうか？」

少なくとも、往復二時間はみておかないといけないだろう。謝罪なのだからアルバイトに行かせるわけにはいかない。あいにく店長は会議で不在だ。

「あ～なんてことや」

またまた溜息をついて、美優に連絡を取った。しかし、電話が繋がらなかったので、メールをする。


かんにん、仕事でトラブル発生。迎えに行けなくなってしまったの。気を付けて来てね。夕方、早く帰ってアパートで待ってるわ。

しばらくして返事が届いていた。


心配症ねぇ。いつもお迎えなんてしなくてもいいって言ってるでしょ。でも、いつもいつもおおきに。

大好きな美沙姉《ねえ》へ。美優より

美沙は、大原行きのバスの車中、なぜか不安な気持ちになるのを感じた。虫の知らせというやつだ。たしか美優が大学生のとき、京阪《けいはん》電車のホームから線路に落ちてしまったときと同じような悪い予感だ。心の中に、モヤモヤとした黒雲のような物が湧《わ》き上がってくる。

美優とは双子。幼い頃、どちらかがお腹が痛くなると、もう一方もお腹が痛くなったことがあった。じゃんけんをすると、今でも「あいこ」が何回も続いたりする。離れていても、二人はなにかしら繋《つな》がっているのだと美沙は確信している。

不安な気持ちを抱えつつ、車窓の紅葉に目をやった。

朱音は今週、京極社長のお供で上京していた。昨日の商談が上手くいったこともあり社長の足取りは軽やかだ。東京駅のホームを社長の後ろから必死に付いていく。

ハッとした。五メートルほど先、売店から出て来た四十歳ほどの女性が、人混みの中ですれ違いざまにサラリーマンの引くキャリーバッグに足を取られてよろけた。朱音は社長を追い抜いて駆け寄る。よく人から言われるのだが、なぜかこういう場面では「のろま」ではなくなるから自分でも不思議だ。

「お怪我《けが》はありませんか？」

女性は、片膝をついて座り込んでいたが、

「ぜんぜん平気よ。いつものことだから」

と言い、すぐに立ち上がった。よくよく見ると、女性はこれから山へでも出掛けるようなアウトドアファッションに身を包んでいた。

え⁉

サングラスをして手に白い杖《つえ》を持っている。ということは……。ここで朱音は初めて気付いた。この女性は目が不自由なのだ。

「すみません、社長。この方に付き添って差し上げてもよろしいでしょうか」

「もちろんや、朱音君。どうせわたしは京都駅までグリーン車で君とは別々やし、新幹線の中では仕事をしているから充分にヘルプしてあげなはれ」

「はい」

朱音は女性に、「一人で大丈夫よ」と言われはしたが、席まで案内することにした。すると、偶然にも普通車両の指定席が隣同士ということがわかり、お互いに驚いてしまった。朱音にとって、出張の帰り道が、思わぬ楽しいひとときになった。

龍一は、明日の夜のロケにそなえて京都へ向かうため、東京駅にいた。

黒のライダースジャケットと黒のデニムパンツ。変装とまではいかないが、紺のキャップを目深に被り、黒いサングラスをかけていると、ほとんど誰にも気付かれたことはない。ギターやバッグは事務所の者が先にホテルに運んでくれているので、小さなカバン一つの身軽な出で立ちである。

四回シリーズのテレビ番組「龍一アコースティックソングス～京都紅葉ライブ」のロケも、いよいよ最終回。ライトアップされた紅葉の貴船《きふね》神社を案内したあと、特別に設営された貴船川の床《とこ》で曲を披露《ひろう》する。しかし、今回はそれで終わりではない。放送枠が拡大され、取材を受けることになっており、龍一は珍しく緊張していた。

インタビュアーはなんと御年《おんとし》八十三歳の東山桃子《ひがしやまももこ》。誰もが知る国民的女優で、長く続く対談番組も持っている。

エスカレーターで新幹線ホームに上がると、飲み物とナッツでも買おうと思い、売店に向かった。すると、売店のドアから出て来た女性が、通りかかったサラリーマンの引くキャリーバッグに足を取られてよろけた。龍一は、思わず、

「危ない！」

と声が出た。一瞬、逡巡《しゅんじゅん》したが、駆け出した。というのは、よくよく眼を凝《こ》ら

してみると、その女性が手に白杖《はくじょう》を持っているのが僅《わず》かに見えたからだ。つい先日、山手《やまのて》線のある駅で、目の不自由な男性が誤ってホームから線路に落ちてしまい、亡くなったというニュースを見た。それが脳裏に焼き付いており、反射的に身体が動いたのだ。

女性はふらついて体勢を崩したあと、座り込んでいる。四十歳くらいだろうか。これから山登りにでも出掛けるようなアクティブな格好をしている。

しかし、その女性のところまで、あと二、三歩というところで立ち止まった。若い女性が、まるで龍一を脇から追い越すようにスーッと現れた。そして、龍一よりも先に、白杖の女性に屈《かが》んで声を掛けたのだ。ちょっと失礼な言い方ではあるが、背が低くてぽっちゃりしている。その割には動作が機敏《きびん》で驚いてしまった。

何やら二人は話をしている。次の列車到着のアナウンスがホームに響く。そのせいで、会話は聞き取れない。ぽっちゃりさんの上司だろうか。男性も話に加わった。ほどなく白杖の女性がニコニコとして立ち上がる。ぽっちゃりさんの腕に摑まると、普通車両の乗車口の方へと歩いて行ってしまった。

龍一は、思った。

「負けた」

と。街を歩くときにも、常に心掛けているのは、「カッコ良く」ありたいということだ。なのに、ぽっちゃりさんは自分よりも俊敏《しゅんびん》に駆け寄った。そうだ、一瞬とはいえ、「どうしようか」と考えたのがいけなかったと気付く。

白杖の女性は特に怪我はしていないようだった。二人は、何かしゃべりながら歩いて行く。自分は役に立たなかったが、ホッとして飲み物などを買い求め、グリーン車の乗車口に向かった。

龍一の指定席は8号車3B。

すでに窓側の3A席には、先ほどのぽっちゃりさんの上司と思《おぼ》しき紳士が座っていた。

(おや……?)

先ほどのぽっちゃりさんは、この紳士の秘書なのだろうか。グリーン車と普通車に分かれて乗ったようだ。龍一は、分厚い書類を開いている紳士に声を掛けた。

「隣《となり》に失礼します」

「はい、どうぞ」

さらに、言う。

「恐れ入ります。パソコンを開いてもよろしいでしょうか」

「え⁉」

「いえ、音声はイヤホンで聴くので大丈夫ですが、ちょっとキーボードを打つのでその音が気になられるといけないと思いまして」

紳士は、にっこりと笑って答えた。

「そのくらいのこと、かまいませんからどうぞ、どうぞ」

「ありがとうございます」

と言い、再び書類に眼をやった。

龍一は熱海《あたみ》駅を通過するあたりまでSNSに書き込んでいた。そのあと、後部座席の人に許しを請い、座席をリクライニングした。キャップをいっそう目深にして、スマホで眠りを誘う海辺の音をかけた。そして再び、紳士に声を掛けた。

「少し眠りますが、洗面所に行かれるときには遠慮なく起こしてください」

実は、指定席を予約する際、他にも窓側の席は空いていた。だが、窓側の席は、もし通路側の席に誰かが座ると、トイレに行きたくてもなかなか言い出しにくいものだ。だから、龍一は、いつも最初から通路側の席を予約するようにしている。紳士は、

「お気遣い、ありがとうございます」

と、再び微笑んだ。人の人生は「顔」に出るという。紳士の笑顔は、作り笑いではなかった。その笑顔を見るだけで、大きな心に包み込まれるような気がした。

（きっと、相当なご苦労をされてこられた人に違いないな）

そんなことを、つらつらと考えているうちに、龍一は眠りに落ちた。

名古屋《なごや》駅を通過した頃のことだった。

何やら、近くでキャッキャと騒がしい声がして、浅い眠りから目が覚めた。

「すみませ～ん」

という声に、目を開ける。通路には三人の女性が立っていた。いずれも大学生のように見受けられた。リクライニングから身を起こして答えた。

「はい」

「あの～リュウさんですよね。サインしてもらえませんか？」

手にはそれぞれ、大学ノートやら手帳を持っている。龍一は辺りを見回した。前後左右、座席は満席だ。龍一は、後悔はしたくなかった。一曲のヒットで勘違いして、ファンへの感謝を忘れていた頃の過《あやま》ちを、繰り返すのは御免《ごめん》だ。

「もちろん。でも、他のお客様の迷惑になるから、普通車のデッキに行こうか」

「は、はい……すみません」

デッキでサインをしていると、次々と隣の車両から人がやって来た。最初に声を掛けてきた女の子が、自分の席に戻り喜びのあまり、周りの席の人たちにしゃべってしまったらしい。三人にだけサインをして、あとの人には知らんぷりというわけにはいかない。龍一は、これ以上大勢になるとまずいと思いながら、次から次へとサインをし続け、

「他のお客様のご迷惑になるから、書いてもらった人はすぐに席に戻ってね」

と促《うなが》した。ひと通り終わり、席に戻ると紳士に話しかけられた。

「失礼ですが……」

「はい」

「わたしが世の中に疎《うと》いだけやと思うのでお許しください。ひょっとして、あなたは著名な方なのでしょうか？」

「いや……たいへん騒がしくしてしまいご迷惑をおかけしました」

龍一は、思った。これはかなり「カッコ悪い」なと。しかし、紳士は首を横に振り言った。

「迷惑やなんて……。もしよろしければ、これもご縁というもんや。名刺を交換させていただけたら……」

そこまで言いかけたとき、通路側から声が聞こえた。先ほど、白杖の女性をヘルプした、ぽっちゃりさんだった。

「お話し中、すみません。社長、先ほどの女性も、京都で降りられるそうです。わ

たし、このままお宅までお送りしてもよろしいでしょうか。南座前店へはそのあと、お手伝いに駆けつけますので」

「ああ、かまわないよ。ぜひそうしてあげるといい、朱音君」

やはり、彼女は社長秘書だったようだ。新幹線がトンネルを抜けると、車内にアナウンスが流れた。

「まもなく京都、京都です。お降りのお客様はどちらさまもお忘れ物にご注意ください。また、ご使用のリクライニングを元の位置に……」

龍一は、自分の席のリクライニングを戻した。通路をはさんだ、斜め前の2C席の男性は、それまで眠っていたせいか慌てて飛び起き、荷物棚からカバンを下ろしてデッキへ向かった。

龍一は、その男性が座っていた席を見て、ちょっぴり不快な気持ちになった。テーブルの下にある網ポケットに、食べ終えた弁当のカラ箱とビールの空き缶が突っ込んだままになっていたからだ。「仕方がないなあ～日本人のモラルも低下したもんだ」と、過去の自分を棚に上げて心の中で呟いた。

気の早い乗客が降りる準備を始めた。龍一は、弁当のカラ箱が気になって仕方がない。「よし！　代わりに捨ててやろう」と思って、一歩踏み出したその時である。ぽっちゃりさんが、サッと手を伸ばしてカラ箱と空き缶を手に取り、さらにその座席のリクライニングを元に戻したかと思うと、普通車の方へと戻って行ってしまった。

　龍一は茫然《ぼうぜん》とした。またまた心の中で呟く。

（またやられてしまった。完敗だ。いや、こんなことは勝ち負けではない。わかってはいるが、負けたような気持ちになるのはなぜなんだろう。それにしても、彼女のなんと「カッコ良い」ことだろう！）

　紳士が、ぽっちゃりさんに呼びかけた。

「お～い朱音君、一つ忘れてた！」

　しかし、もう声が届かない。紳士は慌てて荷物を手にしてぽっちゃりさん、いや秘書の女性を追いかけ、振り向きざま龍一に言った。

「せっかくのご縁だと思いましたが、バタバタしてしまい申し訳ない」

「いえ、どうぞお急ぎください。ご挨拶《あいさつ》はまた今度にしましょう。きっとまたお目にかかれる気がします」

「わたしもです」

　もちろん、社交辞令だ。一期一会《いちごいちえ》と言う。出逢いは大切にしたいが、先方もビジネスマンだから忙しいに違いない。

　京都駅に到着した。ホームから見上げる空は、突き抜けるような秋晴れだった。

龍一は、なぜかしら爽《さわ》やかな風が心の中に吹き抜けるのを感じた。

風神堂の社長・京極丹衛門《たんえもん》は、京都駅に到着すると本社に直行した。大阪からのお客様と面談のアポが入っていたからだ。相手は、広告代理店「アド・プレミアム」の大阪支社長である。

会社に戻るタクシーの中、新幹線で隣席した男性のことが脳裏に焼き付いていた。爽やかというか実に分別のある男だと感服した。最初は、その格好を見て「ギョッ」とした。いわゆる昔の「不良」とか「暴走族」という言葉が頭に浮かんだのだ。ところがところが……。ほんの僅かの時間で、そのイメージが払拭《ふっしょく》されただけでなく、温かな人柄がじんわりと伝わってきた。丹衛門は後悔した。降車間際《まぎわ》でバタバタしていたとはいえ、名刺だけでも渡して名前を聞いておくべきだったと。

本社の応接室に入るなり「アド・プレミアム」の大阪支社長が、

「たいへん申し訳ありません」

と、直立して頭を下げた。それも、一度や二度ではない。

「いえいえ、最近の若い歌手のことはようわからへんさかい、気にせんといてください」

「なんか期待させてしまって……」

あれは、一月《ひとつき》ほど前のことになる。

かねてより、風神堂の名物「風神雷神」の姉妹商品を売り出すにあたって、広告戦略を大阪支社長に相談していた。従来のものにバターやクリームを用いて洋風にアレンジし、若者をターゲットにしようという商品だった。すると、大阪支社長からこんな提案を受けたのだった。

「リュウが風神堂さんの『風神雷神』が大好物だという噂を耳にしたんです。たまたま、わたしの元部下が、今、リュウの所属する芸能事務所に勤めていましてね。久し振りに一杯やったとき、教えてくれたんですよ」

「ほほう、芸能人がうちのお菓子をなあ。嬉しいですねえ」

大阪支社長は、意気込んで言う。

「そのリュウにテレビCMの出演を頼んでみようと思うんですよ。でも、リュウは今まで一度もCMを引き受けたことがなくて。事務所はやらせたいけど、当の本人が気乗りではないらしくて……。理由はよく摑《つか》めないんですが、その事務所のヤツの話では、リュウは毎日飲んでるわけでもないビールを『美味《うま》い！』なんて言うのは、カッコ悪いとか言ってるらしいんです。それで思ったんですよ。もし本当にリュウが『風神雷神』のファンだとしたら、イケるかもしれないって」

ところが……、速攻で断られてしまったという。

「ホント、申し訳ないです。噂はデマだったようです」

「別に気にしてまへん。ところで支社長はん、そのリュウさんいうんは、そないにも人気者なんやろか」

大阪支社長は、ポカンと口を開いた。そして、

「え？　……京極社長、リュウが誰かも知らずに、この前、わたしの話を聞いておられたんですか？」

「いや、若い人の歌は聴く機会がなくて……」

「いえいえ、若い人だけじゃありませんよ。ほら、この前のオリンピックのテレビ番組のテーマソングとか、そうそうそれから、夜のニュースのエンディング曲とかもリュウですよ。お聴きになれば、ああ、あの曲かとおわかりになるはずです」

丹衛門は、「おや？」と首をひねった。

「リュウ、リュウ……どこかで耳にしたような気が」

大阪支社長が、ノートパソコンを開いて丹衛門の方に向けた。

「リュウは愛称。佐久間龍一と申します」

ファンのＳＮＳだろうか。画面いっぱいに、いくつものリュウの写真が掲載されている。そのうちの一つ、黒のライダースジャケットに白いタートルネックと黒い

ジーンズの姿に目が止まった。む？　……丹衛門は、その写真を指差して支社長に尋ねた。

「この写真は？」

「ああ、プライベートのときに盗み撮りされたやつですね。これは珍しいショットだなあ。サングラスをかけて紺のキャップを目深に被ってますね」

なんということだ！　そこには、ついさっき新幹線の中で隣の席になった男が写っているではないか。そういえば、彼にサインを求めて来た女の子たちが、「リュウさん」と呼んでいた。丹衛門は、無意識に声を漏《も》らしていた。

「つくづく残念です……」

「え？　急にどうされたんですか」

「ぜひ、うちのＣＭに出てほしかったなあ……」

支社長は、腕組みをして虚《うつ》ろに宙を見上げる丹衛門を不思議そうに見つめた。

女性の名前は、美優さんと言った。朱音は、美優の方がずっと年上にもかかわらず、初めて会ったとは思えぬほど打ち解《と》けて話すことができた。新幹線の名古屋駅を通り過ぎる頃には、もう友達のように親しくなっていた。

「これから、京都にいる姉のところへ遊びに行くのよ」

と、いかにも嬉しそうに話す。毎回、お姉さんのアパートに泊まって、明け方まで おしゃべりするのを楽しみにしているという。双子なのに、性格は全然異なる。姉はとても心配症で、幼い頃から美優の世話をしてくれたという話。双子というのは不思議なもので、本当に同時にお腹が痛くなるという話などを聞かせてくれた。

美優は、学者というわけではないが、鳥の鳴き声を研究している。

「シジュウカラの『ピー』と『ツピッ』っていう鳴き声は『危ないわよ』っていう意味でね。そう鳴くと巣の雛《ひな》たちは大人《おとな》しくしてうずくまるのよ。それだけじゃないのよ、最近の研究で仲間同士で会話ができることがわかってきたの」

その他、モズやメジロ、ジョウビタキなど鳴き真似《まね》をしてくれて、朱音は楽しくて仕方がなかった。あっという間の二時間ちょっと。

社長の許しをもらい、京都駅に着いてからも「慣れてるから」と言う美優の言葉を押し切り、お姉さんの家まで付き添うことにした。新幹線の京都駅コンコースからJR嵯峨野《さがの》線に乗り換える。朱音は、自分の左腕に摑まってもらい、ゆっくりと歩く。しばらくして朱音は思った。目が不自由とは思えないくらい足取りがしっかりしていることに。ひょっとしたらヘルプしたことは、相手にとってはただのおせっかいだったのではないかとさえ思った。

二条駅で降りて、一区画先の信号まで歩いたところで美優が言う。

「本当にありがとう、朱音さん。あとは五分も歩けば姉の家に着くから、慣れてる道だから大丈夫。本当にお世話になりました」

ヘルプするというよりも、もっとおしゃべりをしていたいという思いに後ろ髪を引かれた。それでも、朱音は信号を渡る美優の姿を、

「お気を付けて」

と、見送った。二条駅の入口へと踵《きびす》を返してしばらく歩くと、
ガシャーン、ダンダンダンッ。

という大きな音がして振り返った。視線の先に美優が倒れていた。そして、そのすぐそばに、二つに折れた白杖が転がっていた。


若王子美沙は、生きた心地《ここち》がしなかった。大原から会社に戻った後、美優に何度電話をしても繋がらない。メールにも返信がない。もしや……と思うと、胸が痛み出した。もう五時間も連絡が取れないのだ。

美優は目が不自由だ。自分よりも母親のお腹から出て来るのがかなり遅れてしまったことから、視力に障がいが生じた……らしい。らしいというのは因果関係がは

っきりしないからだ。でも、美沙は、もし妹の方が先に生まれていたら、目が不自由なのは自分の方だったに違いないと思っている。「申し訳ない」という気持ちは、無意識に美優への献身《けんしん》という形で現れた。

子どもの頃、家に帰ってきても学校の友達とは遊ばず、いつも美優と一緒にいた。そばにいて手助けするのが当たり前の生活だった。それは大人になった今でも変わらず、まるで保護者のような気持ちなのだ。

スマホが鳴った。美優だ！

「どうしたの？　今、どこ、大丈夫？」

「えへへ、ドジっちゃった」

「ドジったって、どういうことよ」

「怒らないでよね、もうすぐお姉ちゃん家《ち》に着くからあとで話すわ」

そう言うなり切れた。美沙がタクシーに乗って急いで家まで帰ると、笑顔の美優がそこにいた。足に包帯を巻いている。事情はこうだ。東京駅で出逢った若い女性に付き添ってもらい、アパートの最寄りの二条駅まで送ってもらった。

ところが、一人で歩き始めてすぐのことだった。スーパーマーケットの前を通るとき、駐輪場からはみ出していた自転車の車輪に、白杖の先がはさまって転んでしまったという。自転車も十台くらいが将棋倒《しょうぎだお》しになった。ついさっき別れた女性が気付き、そのまま整形外科へ連れて行ってくれたのだが、幸い、骨折はしておらず少々ひどい捻挫《ねんざ》とのこと。さすがの美優も気が動転《どうてん》していて、美沙に連絡するのを忘れてしまったというのだ。

そのスーパーはつい最近、オープンしたばかりだった。だから美優は「いつもの道」と思い込んでおり、ぶつかってしまったらしい。美沙は猛烈に腹が立った。スーパーに損害賠償を求めるべきだ。そう言うと美優は、

「止めてよ、わたしがもっと慎重に歩けばよかったんだから」

と、まるで自分の過ちのように言う。いや、点字ブロックの上に自転車がはみ出ているなんて、スーパーの安全管理の怠慢《たいまん》だ。

それでも、美優の命に別状がなかったのでホッと胸を撫《な》で下ろした。

龍一は、新幹線を降りて、祇園近くのホテルにチェックインした。

ロケは明日なので街をぶらりと散策するつもりだった。そこで、ふと近くに「風神堂」の支店があることを思い出した。たしか、南座の真向《まむ》かいだ。もちろんお目当ては、「風神雷神」である。この世で一番の好物で、食べると顔がにやけてしまうのが自分でもわかる。

黒糖羊羹《こくとうようかん》を烏骨鶏《うこっけい》の卵をたっぷり練《ね》り込んだカステラ生地《きじ》でサンドした逸品《いっぴん》。黒糖も卵も、契約農家との長い信頼があってこその商品なので、なかなか他社が真似できないと聞いている。マッチ箱ほどの大きさで、高級ホテルのコーヒー一杯分の値段なのだが、その美味《おい》しさは他に比べるものがない。東京の銀座にある風神堂のカフェでも買うことはできるが、この京都でしか買えない特別仕様のパッケージ商品があるのだ。

「よし、開店までまだ時間はあるな」

龍一は、そう呟き、ぶらぶら散策しながら買いに行くことにした。

表に出ると、ぽつりぽつりと雨が降り出していた。夜遅くから翌日午前中まで雨の予報が出ていた。ホテルで傘《かさ》を貸してもらい、建仁寺の境内を抜けて、花見小路へ出た。そのまま上がって信号を渡る。四条通はアーケードになっているので、傘を畳んだ。

風神堂南座前店へ入ると、すぐにショーケースの中の商品を指さし、

「これを三箱ください。支払いはこれで」

と、クレジットカードを差し出した。あまり店内をうろうろしていると、先ほどの新幹線のように誰かに気付かれないとも限らない。まあ、よほどのファンでない限り、バレたことはないのだが……。

女性店員が、商品を渡してくれるとき、その手がブルブルと震えているのがわかった。「バレたかも」と思い、すぐに店を出ることにした。ここで「サインをお願いします」と頼まれたら、他の来店客にも気付かれて大騒ぎになる可能性がある。

急いでホテルに戻ることにした。来た道のアーケードを歩き、信号を渡ろうとして、ホテルで借りてきた傘を店に忘れてしまったことに気付いた。再び、南座前店に戻る。

「む……?」

入口の傘立ての前で、若い女性店員が何かをしているのが目に入った。その手にしているのは、龍一が差してきたホテルの傘だ。わざわざ広げて、白いタオルで傘についた雨粒を拭いている。それも、丁寧に丁寧に。歩み寄って、声を掛ける。

「ありがとう」

ここで、気付いた。今日の新幹線の女性、ぽっちゃりさんではないか。そう、たしか隣席の社長は、彼女のことを「アカネ君」と呼んでいた。

「あ、こちらはお客様の傘でしょうか」

「うん」

龍一は不思議に思った。濡れた傘を拭いてくれている。雨はまだ降っているのだ。それどころか雨脚《あまあし》はどんどん強くなってきた。店を出たあと、再び傘を使えば濡れてしまう。今、拭いたところで意味がないのではないか。

「どうせまた濡れてしまうから、もうそのくらいでいいよ」

「あ、はい。申し訳ございません」

「ねえ、なぜ拭いてくれるの？」

「あの、あの……それは」

「よかったら教えてほしいんだ」

「……アーケードを出て、信号を渡るところで傘を広げようとすると、雨粒が周りに飛ぶと思うんです。特にこれはジャンプ傘だから……。わたし、それで以前、隣の人の雨粒が顔にかかって冷たかったから。それに……もしバスに乗られるとしたら、車内の他のお客様の服に触れて濡れるといけないと思って」

龍一は言葉を失った。そんなところまで人のことを思いやるなんて信じられない。またしても、やられてしまった。いったい、彼女は何者なのだ！　龍一は言った。

「キミ、カッコ良いね」

「え？　……カッコイイ？」

キョトンとして、朱音が龍一の顔を見上げた。眼を合わせたいが、サングラスをはずすわけにはいかない。先ほど接客をしてくれた店員が、外へ飛び出してきた。手にはスマホを持っている。

龍一は、慌ててその場から逃げるようにして立ち去った。

十一月の最終の日曜日夜十時。京極丹衛門は、自宅のテレビの前で番組が始まるのを待っていた。かなり評判らしいが、テレビはほとんど観ないので知らなかった。四回シリーズで、リュウこと佐久間龍一が、京都の奥座敷の紅葉をレポートし、最後に野外のモミジに囲まれてヒット曲を歌うのだと、「アド・プレミアム」の大阪支社長から聞いた。しかし、残念ながら今日が最終回だという。

貴船神社の石段にある灯籠《とうろう》に火が灯《とも》り、ライトアップされて紅葉が浮かび上る。幻想的だ。リュウが貴船川の床で一曲歌った。夏季、納涼《のうりょう》の川床《かわどこ》が有名だが、今回は特別に舞台として設置したという。これで終わりかと思ったら、料亭の座敷に場所を移し、リュウへのインタビューが始まった。なんと、聞き手は東山桃子だ。

他の人が聞きにくいこともズバリと切り込むが嫌な感じがまったくしない。そして後半、恋愛の話題になった。

「それであなたは、御結婚はまだでいらっしゃるのよね」

「はい、独身です」

「それで将来を約束されたお方はいらっしゃるのかしら」

リュウは、顔色一つ変えず答える。

「いないんです」

「あら、残念……でも、好きな方はいらっしゃるんでしょう」

さすが東山だ。そう簡単には引き下がらない。

「う〜ん、好きというか、なんというか……気になる女性はいるんですけどね」

「あ〜ら、ステキ！」

「でもまだ、つい先日、出逢ったばかりですから」

「それはどちらのお方かしら。大人気のあなたに好かれるなんて、幸せねぇ」

リュウは、ライダースジャケットのポケットをまさぐっていると思ったら、何かを取り出して東山に差し出した。カメラがそれをアップで映す。

「あっ！『風神雷神』ですわね、私大好物ですのよ。いただけるのかしら」

東山は、まるで子どものようにはしゃいで言う。丹衛門は、まさか自社の商品がここで出てくるとは思わず、驚いてしまった。

「このお菓子にまつわる女性なんです」

「それはドラマがありそうね、聞かせてくださる？『風神堂』の方かしら？」

「ごめんなさい、どこの誰とは言えないんですが、とにかくカッコ良いんですよ」

「カッコ良いって、その娘さんはオシャレさんなのかしら」

「いいえ、見てくれというか、外見のことではないんです」

東山が、リュウの話を受けて言う。

「ということは、内面がカッコ良い……つまり性格美人ということなのね」

「さすが東山さんだ！　その通り、その通り、性格美人なんです。実は彼女とはまだ一言二言《ひとことふたこと》しか話したことがなくて」

「それなのに、魅《ひ》かれてしまわれたのね」

「はい。今、一番に気になる女性なんですよ。もっともっと彼女のことが知りたいと思っています」

丹衛門は思った。これはファンの間では、たいへんな話題になるに違いないと。おそらく、もうネットでは大騒ぎになっているだろう。

「最後に、これからのお仕事についてお聞かせくださいますかしら」

「はい、来年はまたツアーがありまして……あっ、そうそう」

「なんですの？」

リュウの顔つきが急に変わった。何か思い出したようだ。

「ＣＭに出ます」

その瞬間、画面からザワザワと何人かの声が聞こえてきた。撮影スタッフが上げた声がマイクに入ってしまったらしい。今まで一度もＣＭに出たことがないという当の本人が、「ＣＭに出ます」と言っているのだ。驚くのも当然だろう。東山も、前のめりになって尋ねる。

「どちらの会社さんのＣＭに出られるんですの？」

リュウが、

「このお菓子です」

と言い、「風神雷神」をカメラに向けると再びアップになった。

「『風神雷神』が大好きでいつも食べているんですが、さっきお話しした『気になる女性』のおかげで、もっともっと好きになってしまい、お引き受けすることにしました」

丹衛門は、仰天《ぎょうてん》して椅子から転げ落ちそうになった。

その翌日から、「風神堂」の各店舗では、朝から長い長い行列ができた。

若王子美沙は、この一週間、めちゃくちゃ忙しい毎日を送っていた。

大ファンのリュウが、テレビで「風神雷神が好きだ」と言ってくれたおかげだ。

その上、なんと自分の勧める風神堂のＣＭに出演してくれるという。さらに……

「もしやもしや」と胸をときめかせていた。リュウが東山の質問に答えた「気になる女性」とは、もしかしたら自分のことではないかと思ったからだ。

先日、リュウは南座前店に現れた。頭が真っ白で、ほとんど記憶がないのだが、とにかく、「テキパキ」と商品を渡して会計を済ませた。きっと、その接遇《せつぐう》を認めてくれたに違いない。あの日のことを思い出すたび、今もボーッとしてしまう。

若王子は早番《はやばん》の今日こそ、二条駅近くのスーパーマーケットに文句を言いに行くことにした。美優は、包帯も取れて日常生活に支障はなくなった。しかし、あやうく骨折していたかもしれない。いや、もし頭でも打っていたら……。そう思うと、店長に一言文句を言ってやらないと気が済まない。もっと早く行きたかったのだが、リュウの「風神雷神」騒動で毎晩帰りが遅くなっていたのだ。

二条駅を出て、信号を渡ったところがスーパーだ。まだ小降りではあるが、雨が降り出していたので傘を差した。

「え？　……」

スーパーの駐輪場に見覚えのある人物がいるのに気付く。斉藤朱音ではないか。なぜ、ここにいるのだろう。よくよく見ると、駐輪場で自転車の整理をしている。駆け寄って声を掛けた。

「あんた、こんなところで何してるんや？」

「あ、副店長さん」

朱音はおろおするかと思ったら、いつもと同じ口調だ。傘を持っていないのか、身体が少し濡れている。若王子は、朱音に傘を差しかけた。

「まさかアルバイトでもしてるんか？」

「いいえ、違います」

「どないしたんや」

「はい。この前、目の不自由な女の人が自転車の車輪に白杖を引っ掛けてしまい、転んで怪我をしてしまったんです。それで……スーパーの人に、駐輪場の自転車を歩道にはみ出さないよう整理していただけるようにお願いしたんです。けど、なかなか忙しいみたいで……。それで点字ブロックの上にはみ出した自転車だけでも整理しようと思って……それでときどき時間を見つけては……」

若王子は、「もしや」と思い尋ねた。

「その目の不自由な女の人って、まさか、東京駅から……」

「え⁉　どうして副店長さんは東京駅から付き添って来たって知ってるんですか？」

（どういうこと⁉　そんなそんな……まさか朱音が美優を助けてくれたなんて）

若王子は、昂《たかぶ》る気持ちを抑えることができず、気付くと朱音を強く両手で抱きしめていた。差していた傘が手から離れて地面に落ちた。

「く、く、苦しいです……」

「おおきに、おおきに」

「副店長……く、苦しい……です」

「ほんま、おおきに」

そこへスーパーの店内から、リュウの曲が流れてきた。

♪辛いんだよね　生きるってことはそういうものさ
淋しいんだよね　誰でもみんな淋しいものさ
泣きたいんだよね　そういうときには泣いたらいいさ
でもね
でもね……
大丈夫　大丈夫さ
キミを見ていてくれる人がいる
それは神様　それとも天使
ううん、そうじゃない
いつもキミのすぐ隣で　ほほ笑んでいる人かもしれないよ

大丈夫　大丈夫さ
キミを見ていてくれる人がいる

いつしか雨は本降りになった。若王子は、朱音の身体から両腕を解くと、一緒に自転車の整理を始めた。雨に濡れるのも気にせず、二人は黙々と歩道にあふれた自転車を移動させた。どちらもびしょ濡れだ。

「終わったら、うちで温《ぬく》いうどん作ってあげるさかい、一緒に食べよな」

「え？　……いいんですか」

「美優も一緒や」

「え⁉　美優さん？　……どうして？　……」

リュウの曲のエンディングのリフレインが聴こえる。

♪きっと　きっと
キミを見ていてくれる人がいる
キミを見ていてくれる人がいる

明日は休日だ。秋晴れの予報が出ている。若王子は、美優が参加する観察会について行こうかなと思った。きっと眩《まぶ》しいほどの紅葉が見られるに違いない。

第四話　大寒《だいかん》の水は心に温かし

もも吉《きち》は、ドーナツを見つめていた。

いや、正しくはドーナツの穴にじっと眼を向けて思いを巡《めぐ》らせているのだ。

「この穴がなんとも愛《いと》しおすなあ」

と周りに聞こえないほどの小声で漏《も》らし、微笑《ほほえ》んだ。


もも吉は、コーヒーが好きだ。

河原町《かわらまち》へあれこれと買い物に出掛けた帰り、少し歩き疲れたので「六曜社珈琲店《ろくようしゃコーヒーてん》」に立ち寄った。一九五〇年創業の京都人が誇る喫茶店だ。店内は、開店当時の時代にタイムスリップしたような趣《おもむき》が漂う。自家焙煎《ばいせん》のブレンドコーヒーを一口、二口と口に含むと、香《かぐわ》しい薫《かお》りが鼻孔《びこう》にスーッと抜けた。ただそれだけで、疲れが失せてゆく気がする。

いつもコーヒーと一緒に頼むのが、手作りのドーナツだ。

世の中には穴の空《あ》いていないドーナツがある。あんぱんの形やスティック状のものだ。でも、もも吉は思う。穴が空いているからこそ、ドーナツはドーナツらしいのだと。

つらつらと考える。その「穴」とは、人間で言うと「足りないもの」であり、

「欠けているところ」なのではないか。

もも吉は、祇園《ぎおん》で生まれ祇園で育ち、十五で舞妓《まいこ》のお店出しをした。二十歳で芸《げい》妓《こ》となり、そのあと、母親のお茶屋を継いだ。今はそのお茶屋を模様替《もようが》えして、甘味処「もも吉庵《あん》」を営んでいる。様々な苦労を乗り越え、気付くと半世紀以上もの時が経っていた。

その間《かん》の経験を生かし、もも吉庵を訪れる人々の悩み事の相談に乗っている。

欲に負けて落ちぶれ、家族までも不幸にしてしまった者、人を恨《うら》んだり、羨《うらや》んだりすることで、自分を傷つけ苦しむ者など、その悩み事は、相談者自らが招いたことが大半だ。でも、もも吉は、そんな彼らを愚《おろ》かだとは思わない。

不出来で、至らない人ほど、愛おしく思ってしまう。

人生には災厄《さいやく》がたくさん訪れる。トントンッと上手《うま》くいく、なんの苦労もない人生など、きっとつまらないに違いない。たとえ失敗しても転んでも、自分の「足りないもの」―「欠けているところ」に気付いて、人生をやり直せばいいのだ。それこそが生きることの醍醐味《だいごみ》なのだと信じている。

人生はドーナツと同じ。ドーナツの穴は食べられない。けれども、穴が空いているからこそ、ドーナツは美味《おい》しいのだ。

その「穴」をしげしげと見つめていたら、聞き覚えのある声が聞こえてきた。振り向くと、二つ離れたテーブル席にイガグリ頭の拓也《たくや》の姿が見えた。仕出《しだ》し専門の料理屋「吉音屋《よしねや》」で「追い回し」を務めている若者だ。

もも吉は以前、拓也とその母親の仲を取り持ったことがある。父親がすぐに手を上げる性格だったので、母親は命の危険を感じて幼い拓也を連れて姿をくらました。しかし、生活に苦慮《くりよ》し、拓也を施設に預けざるをえなかった。拓也はそんな事情を知らず、「母親に捨てられた」と思い込み憎しみを抱いたまま成長した。思い違いとはいえ、子どもが母親を憎むことほどせつないことはない。そこで、もも吉が二人の心が通うようにと、ひと肌脱いだのだ。

そして、もう一つ。

舞妓の「もも奈《な》」と拓也は、お互いに魅《ひ》かれ合っている。もも奈は、もも吉の娘の美都子《みつこ》の妹分だ。まだ淡い淡い恋とはいえ、追い回しと舞妓が花街《かがい》でおおっぴらに会うことは、あらぬ噂《うわさ》を招きかねず、お互いのために良くない。そこでときおり、もも吉庵に二人を招いて、僅かながらもおしゃべりする時間を設けてやっているのだ。

それだけに、もも吉は拓也の祖母のような気持ちで、陰《かげ》に日向《ひなた》にと見守ってきた。そんな拓也が、同じ店内にいるもも吉の存在に気付かないはずがない。どう考えても妙である。

拓也は、少しばかり年上と思われる男性と向かい合っていた。よほど周りが目に入らぬほどの深刻な相談事でもしているのだろうか。聞き耳を立てると、拓也と向かい合う男が一方的に大声でまくしたてている。それに、間々《まま》、拓也がポツリポツリと答える。盗み聴きは、はしたないと承知しつつも、もも吉は耳を澄ました。

「お前は、アホか。騙《だま》されとるんじゃ」

「はい……」

「料理作らせてもらえんのなら、料理人じゃないぞ、ただの召使いじゃ」

「はい」

「もっと儲《もう》かる仕事紹介しちゃるけえ、辞めたらええ。ちょっとカバンを受け取りに行くだけで、お金が手に入る仕事もあるけえのう」

「でも……」

その男は、派手な色合いのシャツに首には太いシルバーのネックレスが二本。手の甲《こう》にはタトゥー。とても堅気《かたぎ》の者とは思えぬ格好をしている。悪い仲間からよからぬ誘いを受けているとしか思えない。しかし、拓也なら大丈夫だ。母親に孝行をするため、どんな苦労をもいとわず気張っているはず……。

「たしかに……僕も最近、このままでええんかと思うんです」

「そうやろ、そうやろ」

「自信がなくなってしまって……」

……。

え⁉ もも吉は、耳を疑った。そんなはずはない、拓也に限って。どんな苦難にも負けない心意気を持っているはずだ。それが、どうして「自信がない」などと
もも吉は、「待ちなはれ」と、二人の間に割って入りたかったが思い止まった。会話の一部を漏れ聞いただけで、聞き間違いということもある。まずはこのことを、吉音屋の親方の耳に入れてからでも遅くはない。

そうこうしているうちに、二人が席を立った。もも吉も会計を済ませて表に出る。二人が河原町三条の信号を渡るのが見えた。もも吉は、慌てて後を追った。

明日は二十四節気《にじゅうしせつき》の大寒《だいかん》だ。

街は底冷えしている。

尾行するなどという行為は、生まれて初めてだ。しかしながら、後ろめたさより

も、拓也への心配の気持ちが遥かに上回った。もも吉は、肩に掛けていたショールをぐるりと首に巻きつけた。二人は三条通をまっすぐ西へ。拓也がどこか悪い場所へ連れて行かれるのではないか。ますます不安が募る。とうとう烏丸通《からすまどおり》まで出てしまった。いったいどこまで行くのだろうか。すると、タトゥーの男が、

「また連絡するけえ、ええ返事待っとうけんのう」

と言い、軽く手を振って北へ折れた。拓也はというと、さらに烏丸通三条の信号を渡っていく。「ここまで来たら」と肚《はら》をくくり、もも吉も信号を渡った。しばらくして、西洞院通《にしのとういんどおり》を南に下がっていく。

「あらっ⁉」

人通りが少なかったので油断をしていたら、拓也の姿を見失った。慌てて小走りに進むと、左手のビルの奥に拓也の姿を見つけた。ビルの中とはいえ、まるで小路のような作りになっている。もも吉は、入口に立ててある由緒書《ゆいしょが》きの看板に目をやった。そこには、

「柳《やなぎ》の水」

と書かれている。見上げると、「馬場染工業《ばんばせんこうぎょう》株式会社」という看板が掛かっていた。

吉村直樹《よしむらなおき》は京都・祇園の料理人だ。

とはいっても直樹が主人を務める店は、料亭などのようにお客様を迎える店ではない。吉音屋という老舗《しにせ》の仕出し屋である。京都では昔から、大切なお客様をもてなしたり、祝い事や法事を自宅で行う場合には、仕出し屋から弁当を取り寄せる風習がある。

また、祇園をはじめとする花街のお茶屋では、料理を作らない。お座敷に芸妓・舞妓を招いて遊ぶ際には、仕出し屋から料理を運んでもらう。料理人が出張して来て、お茶屋の台所を借りて汁物を温めたりする場合もある。吉音屋は、多くのお茶屋はもちろん、名だたる商家からも名指しで注文の入る店だった。

直樹はまだ夜の明けやらぬうちに起き、今日も朝食を作った。そして、仏壇に膳《ぜん》を供える。豆腐の味噌汁《みそしる》、ご飯、お揚げさんと小松菜の炊《た》いたん。それに、聖護院《しょうごいん》かぶらの千枚漬けだ。線香を立てると、手を合わせておりんをチーンと鳴らす。

「歌穂《かほ》、今日も美味しゅうでけたで」

歌穂とは先年に病気で亡くなった妻であり、吉音屋の一人娘だ。直樹は婿《むこ》養子だった。直樹は位牌を見つめて呟《つぶや》く。

「え？　なんやて、まだまだやて……？　そうやなあ、もっともっと美味しゅうでけるはずやな。明日は期待しててや、精進《しょうじん》します」

　これが、直樹の一日の始まりだ。

　しかし今日は、さらにぶつぶつと独り言が続いた。

「歌穂、どないしよう。ふたつも悩み事があるんや。力貸してくれへんやろか」

　直樹は決して冗談で言っているわけではない。歌穂は、どんな時にもそばにいて直樹の力になってくれる。

「一つはなあ、拓也のことや。せっかく母親と仲良うなって仕事に打ち込んでくれていると思うてたのに、もも吉お母さんの話ではなんやよからぬ男に、そそのかされてるみたいなんや。性根《しょうね》がまっすぐな子や。悪い道に入ることはない思うてる。そやけどなあ。『自信が無い』て弱音を吐《は》いてたらしゅうて、それが気掛かりなんや。どないしたらええやろう」

　直樹は、ふうーと小さく溜息《ためいき》をついた。

「そいでもう一つの悩みはなあ、前にも話した『大事な預りもん』のことや。このままやと半端なままで飛び出して行ってしまうかもしれへん。そないなことになったら、先方の親方に申し訳が立たんへん」

　直樹の言う「大事な預りもん」とは、近江八幡《おうみはちまん》の料亭「八幡や」の一人息子、安藤大輝《あんどうだいき》のことだ。大輝は高校を卒業後、大阪の調理師専門学校で料理を学んだ。幼い頃から包丁を手にしており、学校の先生も舌を巻くほどの腕前だったという。

ある日のこと、大輝の父親の大吾《だいご》がわざわざ吉音屋を訪ねてきて、頭を下げられた。

「折り入って直やんに頼みがあるんや。うちの大輝は自慢の息子や。まだ二十歳やいうんに腕が立つ」

「それはええやないか。跡取りが優秀で『八幡や』も安泰やなぁ」

大吾は横に首を振る。

「いやいや、あかんのや。若いうちから腕が立つなんてとんでもないことや」

「う〜ん、そやなあ、お前の言わんとすることもわからんではない」

「なあ直やん、大輝を預かってほしいんや。このままではあいつはダメになる」

直樹は、二つ返事で旧友の大吾の頼みを受け入れた。

代々続く老舗の料理屋では、跡継ぎを余所《よそ》に修業に出すことが多い。自分の店では、甘えが生じるからだ。預かる側の店には、一人前にして返してやるという責任が生じる。すると、当然のことながら厳しくあたることになる。

まずは決まり通り、大輝を「追い回し」に就《つ》かせた。板場《いたば》の修業には、段階がある。一人前の「板前」にたどりつくには、下から、「揚げ方」「焼き方」「煮方」と呼ばれる調理の方法の順に修業を積まねばならない。

「追い回し」は、それよりも下っ端。もっぱら掃除や洗い物などの雑用をするのが仕事で、常に先輩から追い回されることからそう呼ばれるようになった。料理人の修業で、誰もがまず乗り越えなければならない壁である。

そんな「追い回し」をさせられることに、大輝はかなり不服そうだった。煮方、焼き方などの先輩たちに対する尊敬の念がほとんど見受けられない。自分の方が料理の腕が上だと思っているからだ。たしかに、大輝はどんな料理でも卒《そつ》なく作ることはできるだろうが、料理の世界は奥が深い。親方の目からすれば、まだまだヒヨッコとしか言いようがないのだ。

板場の修業は、教えられて学ぶものではない。昔から言われるように、先輩たちの「技《わざ》」を盗み取るものだ。一流ホテルの厨房《ちゅうぼう》ではお客様から戻って来た皿に残ったソースを、下働きの者がこっそりと指で取って舐《な》めるという。フレンチはソースが命。その命の味を、シェフや先輩から盗むのである。

大輝は、「オレの方が腕が上だ」と思い込んで先輩たちを小ばかにしているから、味を盗もうなどとは思っていない。

「どないしたらええやろう……」

もう一度、遺影《いえい》の歌穂に声を掛ける。すると、

（あんた、困ったときは、もも吉お母さんやないですか？）

という声が、どこからか聞こえて来たような気がした。

「そうやそうや、やっぱりもも吉お母さんしかいてへんなあ」

直樹は、もう一度、おりんをチーンと打って手を合わせた。


「え⁉ 追い回しですか？」

大輝が、初めて「吉音屋」の敷居を跨《また》いだ日のことだ。奥の間に案内されると、仏壇の前に手招きされた。親方の後ろに正座をする。親方は、ろうそくと線香に火を灯《とも》して、手を合わせた。慌てて大輝も手を合わせた。

「歌穂、今日からうちで働いてくれる『八幡や』のぼんや。これからこいつには辛いこともあるやろうけど、見守ってやってなぁ」

どうやら親方の奥さんらしい。親方はおりんをチーンと鳴らし、もう一度手を合わせた。大輝は思った。よほど亡くなった奥さんを愛していたのだろうと。自分はまだ二十歳だ。結婚もしていないので夫婦のことはわからない。でも、慕《した》っている人を亡くした悲しみは自分にもよくわかる。

「ええか、大輝。ここでは『八幡や』のせがれやいうことは口にしてはあかん。修業の邪魔になる。どこの誰やいうことやない。ゼロから勉強するんや、ええな」

　そう言われて、大輝はコクリと頷いた。

　その場で、料理衣を手渡され、すぐに着替えた。そのまま厨房へと案内される。

　そこには、五、六名の親方の弟子《でし》が忙しく働いていた。

「みんな、手ぇ休めて聞いてくれ。今日から『追い回し』で入った大輝や。ほんまの弟やと思って可愛がってくれ」

「へい！」

　弟子たちが、一斉《いっせい》に声を揃《そろ》えて返事をした。

（え!?　このオレが「追い回し」とはどういうことだ。料理には自信がある。最初から「煮方」を任せられてもやっていけるのに……）

「お前も挨拶せえ」

　大輝は、

「よろしゅうお願いします」

と言った。頭が真っ白で、蚊《か》の鳴くような声になってしまった。しかし、さらにショックを受けることになる。いきなり、「煮方」の兼《かね》やん兄さんの声が飛んできた。

「お前、そこの段ボールん中の芋、洗《あろ》うとけ」

「はい！」

と答えるものの、まだボーッとしている。

「返事は、へい！　や」

と正《ただ》された。大輝は慌てて答えた。

「へい！」

「拓也、剝《む》き方教えたれ」

「へい」

と、拓也と呼ばれたイガグリ頭の少年が答えた。ちょっと待てよ……ということは、こいつも「追い回し」なのだろうか。大輝の顔色が変わったことに気付いたのか、親方が言った。

「『追い回し』やってくれてる拓也や。歳はお前よりも下になるが、ここでは二年近くも先輩や。拓也によう教えてもらうんやで」

大輝は目眩《めまい》がした。料理は何でもお手の物の自分が、なんでこんな中学生に毛が生えたみたいなやつに教えを請《こ》わなければいけないのか。心の中で「なにくそ」と思った。自分の腕前をみんなに見せつけてやる。そうしたら、びっくりするに違いない。そう思いつつ、里芋の皮を剝き始めた。

大輝は、一人っ子だ。家業が料亭のため、両親ともに店のきりもりで精一杯だった。住み込みの従業員もいたため、大輝のことにまで手が回らない。そのため、大輝の面倒をみてくれたのはお婆《ばあ》ちゃんだった。

老舗とはいうものの、お婆ちゃんの時代には、まだ店の規模が小さかった。お婆ちゃんは中学生の頃から、接客だけでなく厨房でも働いていたという。手が足りないから、あれもこれも作るようになり、自然に料理が上手くなったらしい。

もちろんお婆ちゃん自身の努力もあるが、その味覚は料理長でもあった曾爺《ひいじい》ちゃんからの遺伝らしく、板場の人たちから「天賦《てんぷ》の才がある」と言われていた。なんと、大鍋に一匙《さじ》の塩の加減の違いを感じ取ることができた。「煮方」をしていたお爺ちゃんと結婚して家を継いでもらったのだが、お爺ちゃんは料理の味のことではお婆ちゃんにはずっとかなわなかったらしい。

大輝が幼稚園に入る頃には、「八幡や」は大きな店構えになっていて、お婆ちゃんは店の奥で楽隠居《らくいんきょ》をしていた。普通の男の子なら、家ではお絵かき、外では鬼ごっこなどをして遊ぶだろう。しかし、大輝は違った。お婆ちゃんと一緒に料理を作って毎日を過ごしたのだ。

初めて作ったのが出汁《だし》巻卵《まきたまご》だ。もっとも、幼稚園の年少さんのときのことであり、ほとんどお婆ちゃんが作ったようなものではあったが。おやつも、一緒に作った。おはぎやぜんざい、のちには羊羹《ようかん》や葛餅《くずもち》まで作り方を習った。小学三、四年生くらいになると、魚をさばくこともできるようになっていた。

大輝には、「作る」こと以外に楽しみがあった。それは、お婆ちゃんに「味見」をしてもらうことだ。例《たと》えば、大輝が若布《わかめ》と筍《たけのこ》の炊き合わせを作り、

「どない？」

と、恐る恐るお婆ちゃんの隠居部屋に持って行く。すると必ず、

「ようできた、大輝。美味しいねぇ」

と言ってくれた。褒められると嬉しい。嬉しいからまた一生懸命に作る。すると、もっともっと上達する。だが、それだけではなかった。お婆ちゃんは、一言付け加えてくれるのだ。

「お出汁作るとき、もう少し昆布《こんぶ》をしっかりするとええよ」

などと。次のとき、言われた通りに、昆布を沸騰直前の火加減で鍋の底にもう少しだけ長く敷いておくようにした。すると、格段に美味しくなってびっくりしたものだ。

ますます料理が好きになり、中学に入る頃には、茶碗蒸しにブリ大根、豚汁や鰆《さわら》の西京焼《さいきょうやき》と、たいがいの日本料理を作れるようになっていた。やがて「家を継ぐ」という意識が芽生え、料理の腕にいっそう磨《みが》きがかかる。お婆ちゃんは、相変わらず褒めてくれた。「ようできた、大輝。美味しいねぇ」と言い、「こうすると、

もっと美味しくなるよ」とアドバイスしてくれた。

　ところが中学三年のとき、そのお婆ちゃんが突然に亡くなった。心臓の病《やまい》だった。お婆ちゃん子だった大輝は、何日も学校を休んで泣き明かした。心配した母親が元気づけるように言った。

「そない泣いてばかりやったらお婆ちゃんが悲しむわよ」

　その通りだと思った。大輝はその日から、ますます料理にのめり込んだ。いくら自信のある出来栄えの料理を作っても、お婆ちゃんはもうこの世にいない。仕方なく、板場で煮方を任されていた研《けん》さんに試食してもらった。普段から、マンガの貸し借りをしていて、年は離れてはいるが話が合ったのだ。

　海老芋《えびいも》と棒鱈《ぼうたら》の煮物の椀《わん》を、差し出した。ただ煮込んだだけの単純な料理に思えるが、二つの食材の味を引き出すのはかなり難しい。京都の「いもぼう　平野家本家《ひらのやほんけ》」の名物料理である。さすがに、研さんが口に運ぶときには緊張した。

「おお、ぼんの料理は一流や」

　大輝は、ほっとした。褒めてくれた。

「それで？　それで？」

　と訊《き》いた。お婆ちゃんのようにもっと美味しくなるアドバイスをしてもらいたかったのだ。だがそれはかなわなかった。雇われている立場の板場の人間が、主人の子どもの拵《こしら》えた物にあれこれ言えるはずがないのだ。何か虚《むな》しさを覚えた。

仏壇に手を合わせて、お婆ちゃんに煮物の椀を供えて話しかけた。

「婆ちゃん、美味しいか？」

しかし、返事はない。大輝は、淋しくて淋しくてたまらなかった。

高校を卒業すると父親に懇願《こんがん》して調理師専門学校へ入学した。選択したのは、和食、洋食に限らない総合コースという学科だった。ゆくゆく家業を継いだら、フランス料理や中華料理なども組み合わせた創作メニューを提供したいと思ったからだ。

入学早々に、先生が舌を巻いた。包丁さばきがあまりにも見事だったからだ。翌週には先生に請《こ》われて、助手を務めることになる。クラスメイトからは「先生」というニックネームを付けられた。

卒業時の校内料理コンテストでは一位になり、『八幡や』で腕をふるえる！」と意気揚々《いきようよう》と実家へ戻った。しかし、そこで思わぬことを父親に命じられた。

「京都の吉音屋さんとこへ修業に行け。もう先方の親父《おやじ》さんには話がしてある」

という。いわゆる「余所《よそ》の釜《かま》の飯を食う」というやつだ。

「どのくらい？」

と尋ねると、

「ええと言うまでや」

と言う。「吉音屋」は祇園にある。あちこちの一流料亭で食べ歩きするのも悪くない。花街の芸妓や舞妓に会えるかもしれない……。そう思うとわくわくしてきた。

「ちょいと腕試ししてやれ」という軽い気持ちで、父親について吉音屋へ赴《おもむ》いた。

ところが、である。

親方に挨拶を済ませるなり、「追い回し」をやれ！　と言う。まさか、まさかだ。不満な気持ちが顔に出た。ここでは親方の言うことは「絶対」だ。従うしかない。大輝には、板場の先輩たちよりも料理ができるという自信があったが、下働きしかさせてもらえず悶々《もんもん》とした日々を過ごすことになった。

しかし、その自信を料理で証明する機会は、思うよりも早くやってきた。三か月ほどが経ったある日のことだった。「煮方」の兼《かね》やん兄《にい》さんに声を掛けられた。

「おい、大輝」

「へい！」

と答える。

「明日からお前も『まかない』当番に入れ」

吉音屋では、お昼の食事を「煮方」から「追い回し」まで全員が交代で作ることになっていた。裏方が食べる「まかない料理」だ。大輝は、「これは腕を見せるチャンスだ」とほくそ笑んだ。

そこで大輝は、野菜と魚のアラのスープを作ることにした。得意料理である。まずは昆布と鰹節で基本となる出汁を取ることが肝心だ。そこに、人参《にんじん》や大根、蕪《かぶ》の皮や葉っぱなどのクズ野菜だ。板場ではよく「始末」と口にする。家庭なら捨ててしまう人参の葉っぱも、上手に煮物や漬け物にして食べる。形の崩れた厚揚げと一緒に炒《いた》め物にしたりもする。始末はケチとは違う。何事も無駄《むだ》にしない心掛けのことだ。

昼ご飯は、親方が最初に箸《はし》を取り、それに合わせて「いただきます」と言う習わしになっている。しかし、親方はなかなか忙しいので、昼ご飯を一緒に食べることが少ない。その日は、「煮方」の兼やん兄さんが最初に箸をつけた。そして、唸《うな》った。

「これはええ、ようお出汁が出てるで」

と。続けて「焼き方」の兄さんも、

「俺が作ったんより、美味しいわ」と言う。続けてみんなが「美味《うま》い美味い」と言った。スープは「煮方」の仕事だ。それを板場の誰もが評価してくれている。大輝は、ホッとするとともに「当たり前だ。お前たちとは年季が違うんだ」としたり顔になった。そこへ、出掛けていた親方が帰って来た。

「煮方」の兼やん兄さんが、

「親方、これ一つ召し上がってみてくださいな。大輝が拵えたんですわ」

と勧めてくれた。大輝は、これはチャンスだと思った。聞いたことがある。「まかない料理」は、昇格試験でもあるのだ。合格すれば、「揚げ方」や「焼き方」へと上がれるかもしれない。親方の分を鍋から椀に掬《すく》い、差し出した。

「お願いします」

親方は、いつものように、

「いただきます」

と手を合わせてから箸をつけた。眼を閉じてスープを飲み干し、無表情のまま一言。

「ええやないか、ようでけてる」

大輝は、「やったー！」と叫びたかった。当然だ。お婆ちゃんに教えてもらった味なのだ。美味しくないはずがない。心の中で、手を合わせて、「婆ちゃんのおかげや。親方に褒められたよ」と言った。翌日から、胸を躍《おど》らせて親方の言葉を待った。

「『追い回し』は終わりや。明日から『揚げ方』、いや『焼き方』をやってもらう」

だが、いくら待ってもそんな言葉が掛けられることはなかった。

拓也は、入学したばかりの高校を退学し、吉音屋で修業を始めた。板場での修業は辛いことの連続だ。しかしどんな苦労でも乗り越えられる自信があった。この歳になるまでに、同い年の子どもたちには想像がつかないほどの苦労をしてきたからだ。

幼稚園のとき、養護施設に預けられた。父親の暴力から逃れるため、母親は拓也を連れて逃げ出した。しかし、子どもを養いながら働くのは難しく、仕事が安定するまでと、いったん施設に預けたのだ。

小学校の低学年の頃は、母親は月に一度は必ず面会に来てくれた。しかし、高学年になるにつれ、だんだんと母親が顔を見せる回数が減っていく。

「中学を卒業したら、二人で暮らせるようにするからね」

と約束してくれたものの、それは果たされぬまま面会にさえ訪れなくなってしまう。当時は、そんな母親を憎んだ。誰にも頼らず一人で生きて行くにはどうしたらいいだろう。思案して出た結論が「手に職を付ける」ことだった。

その母親から訳を聞き、今では許し愛するようになったが、養護施設での淋しく辛い日々が心から消えたわけではない。施設の中では、上級生にいじめられた。朝食や夕食に砂や汚物が入れられていることは珍しくなかった。靴や筆箱などが無くなるのは日常茶飯事だった。しかし、小学校や中学校ではもっと悲惨だった。

「施設の子」

それが拓也のあだ名だった。拓也は幼い頃、父親に殴《なぐ》られたことで左耳が聞こえない。それが元でいじめられたりもした。

ただただ、我慢して耐えるだけの人生だった。だから、初めて「吉音屋」の親方に会って面接を受けた際、親方に、「修業は厳しいが覚悟はあるか」と問われ、「はい」と即答できた。

ところが、このところすっかり自信を無くしていた。このまま修業を続けていて、本当にこの先、料理人になれるかと不安で仕方がなくなったのだ。苦労をかけた母親に、自分が作った料理を食べさせてあげるのが夢だ。でも、母親は長年の無理がたたって病気がちだ。大きな手術もしている。もしも……などと悪いことは考えたくないが、元気なうちに親孝行したいと思った。

この春、新しい「追い回し」の大輝が入って来た。拓也よりも年上だ。とはいえ、ここでは自分の方が先輩になる。親方からも「面倒をみてやってくれ」と言われたので、できるだけ丁寧《ていねい》に教えようとした。しかし、なんでもできてしまう。

人参、ジャガイモ、里芋など、スルスルーッと剝いてしまう。拓也よりも速く、きれいに剝く。こちらが教えてもらいたいくらいだ。それだけではない。打ちのめされるほど堪《こた》えたことがある。大輝は毎回毎回、めちゃくちゃ美味しい「まかない」を作る。それも、崩れて料理に使えなくなった豆腐とか、人参や蕪の葉っぱや皮などを、ササッと短い時間に調理してしまう。その中でも、クズ野菜のスープは絶品だ。「煮方」の兼やん兄さんを始め、みんなが「美味しい」と言う。

対して拓也は、どんなに頑張って「まかない」を作っても、誰一人、「美味しいなあ」と言ってくれたことがない。「追い回し」の修業を始めて、もう三年目だというのに……。拓也が「まかない」でシチューを作ったときには、「焼き方」の兄さんに、「毎日、大輝のまかないがええなあ」などと言われてしまった。

「まかない」を食べているときには、一つのルールがある。決して、「まずい」と言ってはならないことだ。昨日は最悪だった。鶏肉や葱《ねぎ》などの残り物の野菜でチャーハンを作ったのだが、「煮方」の兼やん兄さんが「まず……」と言いかけて黙り込んだ。他の兄さんたちも、顔をしかめたり、「む～」と唸《うな》りながら黙々と食べている。よほど美味しくないのだ。

その時だった。大輝が、

「もうあかん」

と言い、醤油《しょうゆ》を持ってきてチャーハンにドバッとかけた。親方が大輝を叱《しか》った。

「何するんや、拓也に失礼やないか」

大輝が言い返した。

「親方、かんにんです。そやけど、こないにまずく作るんは、食べもんに対して失礼やないですか」

拓也は、恥ずかしくて逃げ出したかった。居ても立ってもいられない。拓也は、大輝の手から醤油の瓶《びん》を奪うようにして受け取り、一人ひとりの皿に醤油をかけてまわった。涙が出そうになるのを必死に堪えながら……。

そんなある休日のことだった。買い物に出掛けた河原町で、以前、広島の中学にいたときの上級生にばったり会った。羽振《はぶ》りがいいらしく、財布の中身まで見せてくれた。中には、今まで見たことがないくらいたくさんのお札が入っていた。仕出し屋で「追い回し」の仕事をしていると話すと、

「料理作らせてもらえんのなら、料理人じゃないぞ、ただの召使いじゃ」

と、笑われた。

「そんなん辞めたらええ、儲かる仕事紹介しちゃるけえ」

とも言われた。

拓也は、心が折れそうになった。

大輝は、仕事が終わると一人、親方に奥の間に呼ばれた。昨春から「追い回し」の仕事に就《つ》いて十月《とつき》近くが経つ。仏壇の前に座らさせた。親方に倣《なら》って、大輝も手を合わせる。ふと、悲しくなった。可愛がってくれたお婆ちゃんのことを思い出したのだ。お婆ちゃんが生きていたら、「八幡や」で働かせてくれたに違いない。大輝の料理の腕を認めてくれていたのだから。

「なんで呼ばれたかわかるな」

「……」

大輝は、わかってはいるが返事をしなかった。

「お前、なんで辛抱《しんぼう》でけへんのや」

「辛抱してます」

腕があるのに、「追い回し」などという雑用係をこんなにも辛抱してやっているではないか。

「拓也にイケズしてどないするんや。それがお前の辛抱やいうんか。ええか、わからん思うてるかもしれんが、何もかも全部お見通しなんやで」

もうすぐ、午前の仕事がひと段落する頃のことだ。大輝は、拓也に言った。

「拓也先輩、頼んでもええでしょうか」

「なに？　大輝さん」

大輝は、拓也のことを「先輩」と呼び、拓也は大輝のことを「大輝さん」と「さん付け」で呼ぶ。年齢と先輩後輩が逆転しているのでややこしい。

「親方から倉庫の漬け物の樽《たる》、洗っておくよう言われたんです。そやけど、オレ、お使いでちょっと出掛けんとあかんくて。拓也先輩やってもらえんでしょうか」

「ええよ」

大輝はほくそ笑んだ。たぶん、気安く引き受けてくれると思っていた。

「大至急やそうです」

「わかった。大輝さんは樽のことはええから、早《はよ》うお使い行ってきてな」

なんの疑いもなく答える拓也に、大輝はにんまりした。親方に樽を洗うように命じられたのは本当だ。でも、「暇なときに」と言われたのだ。拓也は、すぐに倉庫へと駆けて行った。

さて、みんな揃っての昼ご飯どき。拓也の姿がないのに気付き、「煮方」の兼やん兄さんがみんなに尋ねた。

「どないしたんや、拓也は」

大輝が答える。

「倉庫で樽洗ってます」

「昼飯や言うて呼んで来い」

大輝はまた嘘をついた。

「なんや、一気にやってしまいたいから、先に食べててください、て言うてました」

「そうか、仕事熱心なのはええことや。そないしたら、みんないただこか」

その日、拓也は昼ご飯を食べ損《そこ》ねた。

親方は、そのことを言っているのだ。

「なんで拓也にイケズするんや」

「……」

大輝は、拓也を見ているとイライラしてくる。「追い回し」なんていう意味のない雑用を、毎日毎日、愚痴《ぐち》ひとつ零《こぼ》さず黙々とこなす。素直もそこまで行くと、ただのバカだ。それ以上に苛立《いらだ》つのは、料理が下手くそだということだ。拓也の作る「まかない」は、食べられたものではない。みんな、それを黙って食べる神経が理解できない。そんな拓也を、後から入ったというだけで「先輩」と呼ばなければならない自分が惨《みじ》めで仕方がなかった。

大輝にも、わかっていた。イケズなどしたくはない。でも、拓也をイライラのはけ口にしてしまっているのだ。

「ふう〜」

親方が、大きな溜息を一つついた。冷え切った八畳の部屋に、その音が響いた。

「もう行ってええ」

「へい」

大輝は、畳に両手をついてお辞儀をし、アパートへと戻った。

直樹は、歌穂の言う通り、もも吉に頼るしかないと思った。次の日曜の午後、「ちびっと顔を貸せ」と、大輝と拓也の二人を連れ出した。拓也は普段と変わらず淡々としているが、大輝の方は「いったいどこへ」と不安げな顔つきをしている。

同じ祇園甲部の一角。直樹は、吉音屋からほんの数分歩き、小路を曲がったところにある町家《まちや》の格子戸《こうしど》を開けてくぐった。

「おこしやす、親方」

と、もも吉が言うと同時に、おジャコちゃんが鳴いて直樹たち三人にすり寄ってきた。もも吉がたいそう可愛がっているアメリカンショートヘアーだ。間違いない。毎日、鰹節《かつおぶし》で出汁を取っているので、匂いが身体に染みついているのだ。

「もも吉お母さん、連れて来ました。大輝、お前は初めてやろ。挨拶せい」

「安藤大輝いいます。よろしゅう」

日々、花街で働いているのでお茶屋が珍しいわけでもないのに、大輝は店の中をキョロキョロと見回している。壁の一輪挿《ざ》しには有楽椿《うらくつばき》が咲いている。直樹は椿の花が好きだ。寒さに耐えて咲くその美しい姿に、何やら秘めた強さを覚えるからだ。

「もも吉庵」は、L字のカウンター席に丸椅子《いす》が六つ。その向こう側の畳の上に、女将《おかみ》のもも吉が背筋を伸ばし、笑顔で座っている。

着物は藤色の疋田染《ひったぞ》め。帯は白色で水仙の柄。それに濃い藤色の帯締めをしている。細面《ほそおもて》に富士額《ふじびたい》。黒髪のせいもあり七十を超えているはずだが、どう見ても還《かん》暦《れき》ほどにしか見えない。

先客がいた。建仁寺塔頭《けんにんじたっちゅう》の一つ満福院《まんぷくいん》の隠源《いんげん》住職と、その息子で副住職の隠善《いんぜん》だ。それに、もも吉の娘の美都子《みつこ》も、もも吉の隣に座っていた。その美都子が、直樹に声を掛けた。

「吉音屋の親方はん、珍しゅう若いもん連れてどないされたんどす」

「へえ、ちょっと、もも吉お母さんに相談事で」

と直樹は答え、大輝に説明をした。

「もも吉お母さんは、以前はここでお茶屋を営んでおられたんや。その前は祇園一の芸妓でなぁ。半世紀以上も、舞妓・芸妓、そしてお茶屋の女将として花街で暮らしてきはった。そやからこの街の人は、悩み事があるともも吉お母さんに相談に来はるんや。とにかく苦労人やさかい、なんでも解決でけてしまうんや」

「親方、よしとくれやす」

もも吉が謙遜《けんそん》すると、隠源が茶化《ちゃか》した。

「ばあさんは、新選組《しんせんぐみ》の土方《ひじかた》はんの相談にも乗ってたそうや」

「なんやて、じいさん！」

もも吉が隠源をじろりと睨《にら》む。拓也が笑った。ちょっと間《ま》を置いて、大輝にも冗談だとわかったらしく、にこりと微笑んだ。隠善が「いつものことや」と呆《あき》れた表情で溜息をついた。

もも吉と美都子は、いったん奥の間に引っ込んだかと思うと、すぐにお盆を持って現れた。

「麩《ふ》もちぜんざいどす。召し上がっておくれやす」

「もも吉庵の名物や、いただくとええ。拓也は何度も食べてるやろうけど、大輝は初めてやろう」

大輝は、「なぜ、拓也が何度もここへ来ているんだ?」というような顔つきをした。しかし、箸をつけるなり頬を緩《ゆる》ませて言った。

「美味しいです」

「あっ、ええ香りや。酒粕《さけかす》やね」

と隠善が、もも吉に顔を向けて言う。それにもも吉が答える。

「佐々木《ささき》酒造《しゅぞう》の社長はんから酒粕もろうたさかい、ほんのちびっと溶《と》いてぜんざい作ってみたんどす。寒いさかい、温《ぬく》うなるようにてなあ」

もも吉が、大輝に話しかけた。

「大輝君言うたな。まだ若いうのに料理が上手《じょうず》なんやてなあ」

戸惑《とまど》うように、大輝が答える。

「いえ……そんな……でも、小さいときから料理を作ってきました」

「それでなんやなあ。なんやあんたの顔に書いてありますえ」

「え?　……なんですか?」

「オレは料理が得意や、てな。そやけど、あんまり感心せえへんことどすなあ」

「……」

直樹は、大輝の顔色がサーッと変わるのがわかった。

大輝は、ムッとした。

親方は、もも吉から説教してもらおうと思っているのだ。もも吉がこの祇園でどれほど敬《うやま》われている人なのかは、親方の話しぶりから少しは察することができる。しかし、自分がどんなに若造とはいえ、初対面の人間に対して「感心せえへん」などと言うなんて失礼だ。そんな心の内を見透かしてか、もも吉が笑顔で言う。

「かんにんどすえ。そやけどなあ、あんたが昔の親方にそっくりやったさかいに、ついつい口に出てしもうたんや」

「え……オレが親方に似てる？」

今度は親方が口を開いた。

「そうや、わてが吉音屋で先代の親方の元に修業に入ったんは高校を卒業した十八んときや。わての実家は南禅寺《なんぜんじ》さんの近くの料理旅館でなあ。その三男坊やさかい、家は継げへん。お荷物や。早《はよ》う家を出ていかなあかん立場やった。そやけど幼い頃から料理が好きで好きでたまらへんかった。幼稚園のときから板場に出入りして、包丁の使い方を教えてもろうたりしてた。いつしか気付くと、誰もが美味しい言うてくれるほど料理の腕を上げてたんや」

大輝は、思った。幼い頃から料理を作るのが好きだったのは、自分と同じだと。

もも吉が、親方の話のあとを続けた。

「それでなあ、親方はん、天狗《てんぐ》にならはったんや。吉音屋さんへ修業に入ってすぐ、親方に口答《くちごた》えしてなあ。今から三十……うん年も前のことやなぁ」

「お恥ずかしい」

親方が肩をすぼめて恐縮して言う。

「そん時なあ、女将にならはってまだ間もない、もも吉お母さんに叱《しか》られたんや」

「叱るやなんてとんでもない。アドバイスしただけや。こんなふうにしてなぁ」

もも吉は一つ溜息をついたかと思うと、裾《すそ》の乱れを整えて座り直す。背筋がスーッと伸びた。帯から扇《おうぎ》を抜き、小膝をポンッと打った。ほんの小さな動作だったが、まるで歌舞伎《かぶき》役者が見得《みえ》を切るように見えた。

「間違《まちご》うてます」

もも吉の一言が、店内に響いた。大輝は、もも吉の鋭い眼光に睨《にら》まれた。小柄なはずなのに、まるで仁和寺《にんなじ》の仁王《におう》像のように大きく見えた。大輝は言葉を返すことができず、もも吉から眼を思わずそらしてしまった。

「ええか、踊りも三味線《しゃみせん》も料理も習い事はみ～んな同じじゃ。でけると思うたら、でけへん。でけへんと思うたら、でけるようになる。あんたらはどないや？」

大輝は心の中で、もも吉の言葉を反芻《はんすう》した。答えは決まっていた。板場の先輩たちだって「まかない」を褒めてくれる。

ずっと黙っていた拓也が、急に言葉を発した。

「僕はわかるような気がします」

「そうか、わかるか。どないなことや」

と、もも吉が尋ねる。

「僕は料理が下手《へた》です。一生懸命に作ってるんやけど、美味しゅうでけへん。『でけへん』ことはようわかってます。そやから、でけるようになるまで、もっともっと精進せなあかんと思うてます」

「それは感心や。時間はかかる思うけど、気張りなはれ」

「へい」

大輝は、拓也の優等生ぶった態度が鼻につき、

「いつのことになるやら……」

親方が、突然、怒鳴るように言った。

「大輝、スープがちびっと上手にでけたからて逆上《のぼ》せてるんやないか！」

「……」

「たしかにお前の拵えた野菜のスープはようでけてる」

「お、おおきに」

「そやけど……や」

大輝はいつもは穏やかな親方が、鬼のような形相《ぎようそう》になったことに怯《おび》えつつも、次の言葉を待った。

「いつも同じなんや」

「え？」

いつも同じ。毎回美味しいことのどこがいけないというのか。これではまるで、大勢の前で吊るし上げに遭《あ》っているようなものだ。

「失礼します！」

「ちょっと待たんか!!」

そう引き留める親方の声を振りきり、大輝は一人、外へと飛び出した。

見上げると空には、今にも雪が降り出しそうな灰色の雲が垂《た》れ込めていた。


　直樹は、「もうあかんかもしれへん」と溜息をついた。大切な「預りもん」だ。「八幡や」の親方に、合わせる顔がない。大輝がもも吉庵を飛び出して行ったのと入れ替わるようにして、表の格子戸が開く音がした。

「来はった来はった」

と、もも吉が顔を綻《ほころ》ばせた。飛び石の上を歩く靴の音が聞こえたかと思うと、店の襖《ふすま》が開いた。そして、一升瓶《びん》を抱えた男が入って来た。

「こんにちは、お母さん。なんや知らんけど、持って来ましたで」

「佐々木酒造」の佐々木《ささき》晃《あきら》社長だった。

京都の街の地下には大きな水瓶があると言われている。三方の山から岩盤を伝って流れ込んだ地下水だ。その水量は琵琶湖《びわこ》の八割にも匹敵すると言われている。そのため、市内各所で「名水」が湧き出る。その水を使って、古くから豆腐や湯葉《ゆば》、生麩《なまふ》が作られてきた。そしてもう一つ、忘れてはならないのがお酒である。

今でこそ京都の酒といえば「伏見《ふしみ》」が有名だが、明治期には洛中に百三十軒もの酒蔵があった。もも吉庵のある祇園界隈にも多くの蔵元がひしめいていたという。それが時代と共に淘汰《とうた》され、現在一軒きり残っているのが「佐々木酒造」なのだ。豊臣秀吉《とよとみひでよし》が築いた聚楽第《じゅらくだい》の遺構址《いこうあと》に工場があることから「聚楽第」と名付けた銘柄の酒を作っている。

佐々木家には三人の男子がいる。本来、京都の老舗では、長男が家を継ぐものとされているが、長男は建築の道を目指してしまった。そのため、次男が早くから

「自分が家業を継ぐ」と覚悟を決めて大学の農学部で酒米の研究までしていた。ところが、その次男が突然「俳優になる」と言って出て行ってしまった。そこでやむなく、三男の晃氏が家業を継ぐことになったのだ。ちなみに次男はその後、世間で誰もが知るまでに名を成した。

「吉音屋」でも僅かながら仕入れさせてもらっているので、直樹は、

「お世話になっとります」

と立ち上がってお辞儀をした。隠源が、興味深げに尋ねる。

「なんや佐々木はん、甘味処にお酒持ってきはるてどないしたんや？」

佐々木社長の代わりに、もも吉が答える。

「まあまあ、今日は面白《おもしろ》い遊びしよう思うて、佐々木はんにも来てもろうたんや。実はこれはお酒やないんや。拓也君、まだ時間大丈夫か？」

「はい、特に用事はありません」

「そうか、そないしたら一緒に遊ぼな。美都子、奥で用意するさかいに手伝《てつど》うてくれるか」

「へえ、お母さん」

しばらくすると、もも吉がたくさんのお猪口《ちょこ》を乗せた大きなお盆を持って戻って

来た。直樹が「何事か」と思っていると、後から付いて来る美都子はコーヒーメーカーを抱えている。カウンターの上に、ペットボトルの水を並べて置いた。そこには、貼り紙がしてあり、A、B、C……とアルファベットがマジックペンで書かれている。

「さあさあ、始めまひょ」

直樹はもちろんのこと、隠源、隠善も事情がわからないらしい。佐々木社長だけは企《たくら》みを知らされているらしく、もも吉がコーヒーを淹《い》れるのを黙って見つめている。

「さあ、順に淹れて注《つ》いでいくさかいに、飲んでみておくれやす」

隠源が、声を上げた。

「わかったで。利《き》き水やな」

「へえ、その通りどす。そやけど、どのコーヒーがどの水で淹れたもんか当てるわけやない。京都のいろんな名水でコーヒーを淹れてみんなで楽しもういう趣向《しゅこう》や」

もも吉が、説明を始めた。目の前に、五つのペットボトルがある。そのそれぞれに、京都市内のあちらこちらから湧き出した名水《めいすい》が入っているという。AからEの内訳は……。

「染井《そめい》の水……萩《はぎ》で有名な梨木神社《なしのきじんじゃ》の井戸水」

「下御霊神社《しもごりょうじんじゃ》の手洗舎《てみずや》の井戸水」

「滋野井《しげのい》の水……京生麩《なまふ》の老舗『麩嘉《ふうか》』脇の駐車場の井戸で汲《く》めるもの」

「柳の水……利休《りきゅう》が茶の湯に用いたとされる。黒染《くろぞ》め専門の馬場染工業内で湧き出るもの」

そして、もう一つ。

「佐々木酒造が酒造りに用いる井戸水……酒造場内に二つある井戸のうちの北の井戸」

隠源は、お茶屋遊びのような、こうした「粋《いき》」なことが大好きらしい。法衣《ほうえ》を腕まくりして構えている。もも吉が、まずAの水で淹れたコーヒーをお猪口に入れて一人ひとりの前に置いた。

「どないなお味でっしゃろ」

そうもも吉が尋ねると、隠善が一番に、

「美味しいです」

と言った。

「コーヒーは小川《おがわ》珈琲さんの有機《ゆうき》珈琲オリジナルブレンドどす。比べてみいひんとわからしまへんわな。続けてB、C、D、Eと全部淹れてみまひょ」

小川珈琲は京都の右京区西京極《にしきょうごく》に本社を置き、京都を中心に全国に直営喫茶店を運営するほか、コーヒー豆の販売もしている。

次々にコーヒーが淹れられ、全員が五つの名水のコーヒーを飲み終えた。誰もが神妙《しんみょう》な顔つきをしている。隠善が首を傾《かし》げて言う。

「もも吉お母さん、たしかにそれぞれ違いますねぇ。水によってこないにコーヒーの味が変わるやなんて、思ってもみませんでした」

隠源が悔《くや》しそうな顔で言う。

「わては味音痴《おんち》なんやろか、どう違うんかようわからへん。佐々木はん、どないです？」

「はい、なんとのうですが……。Aのコーヒーだけは、なんや甘くてまろやかな感じがしますねぇ。そうそう、Cのコーヒーは舌の上でまるまるように思います」

直樹も素直に、

「料理人ですから、味に違いがあることははっきりわかります。ただ、その違いをどないにして表現するか言葉が見つからへん。Aはたしかに佐々木はんがおっしゃるように、まろやかなような。Cは舌の上でまるまるいうんは、なかなか上手い表現やと思います。さすが酒蔵の社長はんや」

美都子が、

「当たる当たらんやのうて、こういうんは楽しおすなぁ。ところで、どれが佐々木酒造さんの井戸水のコーヒーなんやろ？」

と、首を傾げた。ずっと、何も言わずに舐《な》めるようにお猪口を口にしていた拓也が、突然、言葉を発した。

「あの〜」

「拓也君、なんやの？」

もも吉が問うと、拓也は、おずおずと答えた。

「あのう……間違うてるかもしれへんけど……僕、佐々木酒造さんの水で淹れたコーヒー、どれかわかる思います」

隠源が声を上げる。

「なんでや⁉ 佐々木はんの酒蔵の水、飲んだことあるんかいな？」

直樹は、拓也がいったい何を言い出したのかわからない。

「いいえ、飲んだことはないです。そやけど、他のがわかると思うので消去法で……」

「な、な、なんやて！ 全部わかるいうんかいな‼ い、言うてみぃ」

「はい……」

その場の全員が、拓也に注目する。

「Aは、佐々木社長はんがおっしゃるように甘くてまろやかで、少しばかり『とろみ』があります。たぶんやけど、梨木神社さんの井戸水やと思います。それから、Bは滋野井の水やないかと。硬《かた》い舌ざわりやけど、コーヒーのコクがよう出てます。味を引き立てる水いうか……」

隠源が、もも吉に尋ねる。

「どないなんや？」

もも吉は、驚きを隠せない顔つきで答える。

「おうてます……びっくりや」

「それから……Cのコーヒーのこと、佐々木社長はんと親方が舌の上でまるまる言わはったけど、僕もそないに思いました。やや硬めやけどまろやか。きっとこれは、下御霊神社の手洗舎の井戸水です。Eは、柳の水。この中でも一番特徴《とくちょう》的いうか、ツルッとしてサラサラッと喉《のど》に流れていく感じです。コーヒーがあっさりするさかい、柳の水や思います」

もも吉が、

「全部おうてる」

と言うと、隠源、隠善、そして佐々木社長に美都子も一斉に声を上げた。

「は〜」

「参りました」

「すごい」

「うわぁ」

拓也は、鼻を高くするわけでもなく、言う。

「それで、今まで飲んだことない味やったさかい、Dのコーヒーが佐々木酒造さんの水で淹れたコーヒーやと思うたんです」

直樹は、尋ねた。

「拓也、お前、今までに全部飲んだことあるて、どないな訳や」

「あのう……僕、コーヒーが好きなんです」

「わしも好きや」

「休みの日は暇ですることがないし、あちこちの井戸水を汲んで回って、それでアパートでコーヒー淹れて飲み始めたんです。そないしたら、あまりにも水ごとにコーヒーの味が変わるので面白くなって、いつの間にか趣味みたいになって……」

「お前ってやつは……そやけど、もも吉お母さんの淹れたコーヒーと、お前が休みの日に淹れて飲んでるコーヒーでは豆が違うんとちゃうか?」

直樹が腕組みをして感心しながら尋ねると、もも吉が話に入ってきた。

「親方はん、実はそれには種明かしがあるんや」

「種明かしやて？」

　みんながもも吉に顔を向けた。

「この前な、拓也君を街で見かけたんや。それで悪いとは思うたんやけど、黙って後をついて行ったら、この『柳の水』を汲みに行ったんや。カバンから取り出したペットボトルに入れてたさかい、準備してのことやとわかった。そのあと、近くのスーパーに立ち寄って、今度はコーヒーの豆を買わはったんや」

　隠源が言う。

「なるほど、それが小川珈琲さんの有機珈琲オリジナルブレンドやったいうわけか。今日のことは全部、もも吉の仕組んだいうことかいな」

「いやいや、そうやあらしまへん。ひょっとしたら、柳の水くらいは当ててくれたら、この遊びも盛り上がって楽しいに違いないとは思うてました。そやけど、まさか、全部当ててしまうとは驚いてしもうた。あんた、えらいなあ」

「ほんまや」

「えらい、えらい」

　隠善と、美都子も口々に褒めた。佐々木社長が、

「ほんま杜氏《とうじ》顔負けや。そやけど舌が優れていることはもちろん素晴らしいが、休

みの日にあちこちへ水を汲みに行って勉強してたいうんには頭が下がりますなぁ。親方、この子はええ板前になるんやないですか」

と言うと、

「そう思うてます」

と、直樹が頷いた。しかし拓也は、顔を赤らめてうつむいてしまった。

「そんな胸を張れることやなくて。昔、養護施設にいたとき、上級生によくいじめられて……」

言いかけて止めたのを、隠源が尋ねた。

「それは辛かったなぁ。そやけど、それと井戸水となんや関係あるんか？」

「……ご飯に砂とか唾《つば》とか汚いもの入れられて、食べられなくなって、いつもお腹を空かせていたんです。施設長に言えば、よけいにいじめがひどくなるだけだから黙っているしかなかったんです。学校が休みの日は給食も食べられないし。それで近くの神社の井戸水を飲んでお腹を膨《ふく》らませていたんです。ある日、他の神社の手水舎の水を飲んだら全然違う味がして……。それで、ずっと井戸水に興味があって」

隠源がハンカチを取り出して、泣き出してしまった。

「なんちゅうせつない話や。ううう……」

もも吉も、瞳《ひとみ》を赤らめているようだった。おそらく拓也は、花街に来て以来、これほど人から認められたことは初めてに違いない。


美都子が、声を上げた。

「あっ、揺れてる！」

「ほんまや、地震や地震」

と、隠源があたりを見回した。

ガタガタガタッ！

カウンターの上に並んでいる空のペットボトルが倒れた。

「ちょっと大きいかもしれへん。みんなカウンターの下に入りなはれ」

ともも吉が言うと、全員が急いで頭だけでもと潜《もぐ》り込む。揺れはかなり長く続いた。

「なんや、びっくりしましたなあ」

壁の一輪挿しが少し傾いているようだが、特に被害はないようだ。隠源が言う。

「わては地震が苦手なんや。そやけど仏教では地震は瑞相《ずいそう》とも言われてるさかい、悪いこととも限らん」

美都子が隠源に尋ねる。

「瑞相てなんですの？」

「瑞相いうんは吉兆《きっちょう》のことや。めでたいこと、良いことが起きる前触れのことやな」

もも吉が、言う。

「ええことが起きるとええどすなあ」

直樹は願った。今日のことを機に、拓也が仕事に対して自信を持ってくれたらいいなあと。しかし、大輝については、いっそう悩みが深くなったのであった。

大輝は、もも吉庵へ連れて行かれてからというもの、悶々として仕事をしていた。五日、六日と経ち、今日こそは親方に「辞めさせてもらいます」と言おうと決心した。

ところが、夕べのことである。

板場の火を落とし終えたところで、親方が弟子たちの前で言った。

「明日一日、大輝に『煮方』を任せてみたいて思う。『煮方』の兼やんにはもう承知してもろうてる。わては明日は朝早うから用事で出掛けるさかい、みんな、ええな！」

「へい」

みんな戸惑いを隠せないようだが、親方の言うことに揃って返事をした。さすがの大輝も、腰が引けた。こちらから「辞める」と言うよりも先に、「クビや」と言われるかもしれないとヒヤヒヤしていた。それがまさか、いきなり「煮方」の仕事を任せてもらえるとは思いもしなかった。大輝は気を取り直して、返事をした。

「頑張ります」

大輝は、いつもより二時間も早く目覚めた。今日は、勝負の日だ。緊張して板場に立ったが、すべてが上手くできた。

人参と椎茸《しいたけ》、里芋に蕗《ふき》の炊き合わせ。

飛竜頭《ひりようず》の湯葉包み。

鴨《かも》と茸《きのこ》の治部煮《じぶに》。

そして、雲丹《うに》豆腐。

どれも満足の出来栄《ば》えだった。何より、昆布と鰹節で取った出汁が最高だ。よほど信頼してくれているのか、料理の最中に先輩たちが、一切口を出さないのが嬉しかった。その上、あまりにも早く出来上がってしまったので、今日の当番の拓也の代わりに「まかない」まで作ってしまった。

「みんな揃ったか、いただきます」

外出から戻った親方が箸をつけると、みんなも箸を取った。

「焼き方」の兄さんが声を上げる。

「今日は、大輝の野菜スープかぁ。いつも楽しみにしてるで」

「俺もや」

と「揚げ方」の兄さんも言い、皆が椀をすする。そんな中、拓也だけが、首を傾げて眼を閉じている。その様子を見た親方が、拓也に尋ねた。

「なんや、拓也。どないしたんや」

拓也がチラリと大輝の方を見た。

「い、いえ……別に」

「ええから、言うてみぃ」

「あのう……なんやいつもの大輝さんのスープと違う気がするんです」

大輝は、カッとなった。

「なんやて！」

「お前は黙ってろ‼」

親方の声に大輝は縮《ちぢ》み上がった。そして、親方も、大輝の作った自慢の野菜スープを口にした。親方は、

「む？」

と、言葉にならない声を発した。

「おい、大輝」

「はい」

「なんや変えたか？」

いったいどうしたというのだ。親方の表情からは、ただならぬものが漂っている。

「い、いえ、いつも通りです」

すると、急に立ち上がり、

「兼やん、大輝が取ったお出汁、持って来てくれ」

すぐに、「煮方」の兼やん兄さんが、鍋から出汁をお玉で掬い、小皿に乗せて親方の元へと差し出した。その出汁で、野菜スープはできている。他のすべての煮物にも使っている。親方は、一口含むと、眼をギョロッと見開いて言った。

「あかん、大輝！　午前中に拵えたもん、全部ここに並べてみぃ。兼やん、お前も一つずつ食べるんや」

「へい」

親方の形相に、みんなが何事かと慌て出した。親方はすべての料理を、ほんの一口ずつ食べ終えたあと、言った。

「あかん、どういうことや……」

慌てて大輝は、野菜スープを一口含んで眼を閉じた。

（そういわれれば確かに。なぜ気づかなかったんだろう……）

拓也が、小声で言う。

「あの～親方、ひょっとして」

「なんや拓也、言うてみ」

「水がおかしいんと違いますか？」

「水やて？……あっ、そうや、水や水！おい、誰か水汲んで来い」

吉音屋では、地下から汲み上げる地下水で煮物を作っている。親方は、差し出されたコップの水を一口飲んで言った。

「あ、あかん。水が変わってしもうてる。どないなってるんや……あっ、この前の地震か」

大輝も、ハッとした。一週間ほど前、そう、もも吉庵に連れて行かれた日に地震があった。京都にしては珍しく大きな揺れで、一部、京阪電車が緊急停止したという。昨日もまた小さな地震があった。ひょっとすると、その揺れのせいで井戸の水に変化が生じたのかもしれない。

「こんなもん、お客様にお出しでけへん……」

親方は、出来上がった料理を目の前にして、両肩を落とした。大輝が声を掛ける。

「たいていの人はわからんと思います」

「あほか！　それではあかんのや、これは吉音屋の味やない。ご先祖様から引き継いだ味やない。こないな料理、お得意様に持って行ったら、歌穂に申し訳がたたん。かといって、うちがいつも使《つこ》うてる水が変わってるんやから、何べん作り直しても同じや……昨日まではなんともなかったのに、どないしたらええんや」

親方は頭を抱えて座り込んでしまった。

「あの〜」

拓也がまた囁《ささや》くような声で言った。

「親方、実は地震の少し前に、うちの店の井戸水でコーヒー淹れたことがあって……」

「なんやて？」

大輝は、拓也がいったい何を言い出すのかわからなかった。

「そないしたら、佐々木酒造さんの北の井戸水とそっくりの味がしたんです」

「なんやて、佐々木はんとこの水とか！　ほんまか？」

「はい」

大輝は、親方に尋ねた。

「ど、どないなことですか？　佐々木酒造て」

「お前はもうええ、引っ込んでろ！　いつも通りに料理作って味が変わったことに気付かんかったんか!!」

大輝は凍り付いた。その通りだった。自分が気付けなかったことだけでなく、その味を拓也が真っ先に「おかしい」と感じることができたことがショックだった。

それからがたいへんだった。

親方は、もも吉庵へ走って事情を説明した。すると、もも吉はすぐに佐々木酒造の社長へ電話をして、工場内の北の井戸の水を分けてもらえるように頼んでくれた。もちろん、快諾《かいだく》してくれたのだが、急がないと料理を作り直す時間がない。タクシードライバーをしているもも吉の娘の美都子に電話を入れて、佐々木酒造へと急行してもらった。すでに用意をしてあった大きなポリタンクの水を車に載せ、その足で吉音屋へと運んだのだ。

水を使った料理を、すべて作り直すことになった。

ご飯も炊き直しだ。

みんなが、一斉に板場をせわしく動く中、大輝はただ茫然《ぼうぜん》として冷蔵庫の脇に立ちすくんでいた。なぜ、気付けなかったのか？　拓也の舌よりも劣っているということか。ということは……料理の才能がないということなのか？　もし、味音痴だとしたら……料理人にはなれない。

誰も大輝に声を掛けない。いや、大輝のことなど気にする余裕がないのだ。硬直して身体が動かない。大輝は、みんなが料理を作る様子をボーッと眺めていた。

みんなの必死の努力の甲斐《かい》あって、料理を無事にお客様の元へと届けることができた。大輝は、その配達さえも手伝うことができなかった。ふらりと一人、板場から抜け出してアパートへ戻った。

もうここにはいられない。いたくても、クビになるだろう。膝を抱えて目を閉じると、お婆ちゃんの顔が浮かんだ。

「婆ちゃん、どうしよう……」

話しかけるが、答えてくれるはずもない。大輝は何度も何度も呼びかけた。

「婆ちゃん、婆ちゃん……」

もうお婆ちゃんどころか、誰にも褒められることはないのだ。そう思うと、大輝は絶望の淵《ふち》に落ちた。

「おい、大輝いるか」

そう呼ぶ声に目が覚めた。部屋の中は真っ暗だ。いつの間にか、夜になっていた。何時間も寝てしまったらしい。

「入るで」

鍵を掛け忘れていたらしく、「煮方」の兼やん兄さんが顔を出した。

「親方が呼んではる」

「……でも」

「ええから、早《はよ》う来い」

まるで、刑事に連行されるように引っ張られて店に戻る。そして、奥の間に通されると……。

「え⁉　……と、父さん」

そこには、大輝の父親の大吾が、座っていた。大輝は、襖の横にへたり込むように座った。父親が、親方に両手をついて深々と頭を下げた。畳に額がつくほどに。

「かんにんや、直やん」

「頭、上げてぇな、大ちゃん」

父親は、スックと立ち上がると大輝の元へと歩み寄った。大輝は縮み上がった。眼が吊り上がり、口はへの字になり、まるで般若《はんにゃ》のようだった。

「話は聞いてるで」

そう言って、大輝の胸倉《むなぐら》を摑んで右の拳《こぶし》を振り上げた。

大輝は覚悟して眼をつむった。しかし次の瞬間、

「あかんで、あかん。大ちゃん」

と、親方が、父親を羽交《はが》い絞《じ》めにした。

「せめて俺がコイツを懲らしめてやらんと。こないに吉音屋さんにご迷惑おかけして、お詫びができん」

「そやない。大輝は、大ちゃんからの預りもんや。ということは、今はお前の子やない、わしの息子や」

親方はそう言い、父親の拳を下げさせた。かと思うと、いきなり大輝の頰に親方のパンチが飛んできた。

「ええか、大輝！　図に乗ったらあかんで。これでわかったやろ。お前なんぞ、拓也の足元にも及ばんのや。拓也のこと、小ばかにしてたやろ。なんもでけへんと思うてたやろ。それがどうや、このざまや」

大輝は、何も言い返すことができなかった。まったくその通りなのだから……。

親方は、拳を下ろすと急に穏やかな顔つきになった。

「あのなぁ大輝、この前、もも吉お母さんが教えてくれはったこと覚えてるか」

「……あ、あの」

覚えている。しかし、震えが止まらず声にならない。

「でけると思うたら、でけへん。でけへんと思うたら、でけるようになる……そう言わはったなあ。お前は、でけるでけるて、思い込んでる。自信持つことは悪うはない。そやけど、お前は自信過剰《かじょう》どころか自惚《うぬぼ》れや。そういう者《もん》には先はない。拓也がなあ、なんで水がおかしいってわかったかわかるか？」

「い、いえ……」

大輝は、それだけ返事をするのが精一杯だった。

「休みの日になぁ、名水て言われる京都の井戸水、あちこちのお寺や神社回ってペットボトルに汲んで持ち帰って、アパートでコーヒー淹れてたんや。そんなこと続けるうちに、舌が敏感いうか味の感性が磨かれたんやな。その間、お前は何してた？」

まさか……あの拓也が。ショックでなおさら声が出ない。

「お前のスープはたしかに美味しい。八十点、板前としたら合格や」

親方は、やさしく言った。

「そやけどなあ、この十月《とつき》、ず〜っと八十点のままや。わかるか？」

「い、い、……いいえ」

「ようでけてる。腕がある。そやけど、もっともっとという精進がないんや」

大輝は言われて初めて気付いた。たしかにその通り、もっと美味しくしてやろうと考えたことがなかった。「美味しい」とみんなに言われて、それで満足していた。

眉を寄せて考え込んでいる大輝を見て、父親が言う。顔は赤らんでいるものの、穏やかな表情をしていた。

「料理だけやない。芸妓・舞妓さんの舞も同じや。陶芸家も絵描きさんもなぁ。いやサラリーマンも一緒やと思う。でけてるて思うて、驕《おご》ったり慢心《まんしん》したりする者《もん》はそこまでや。どんなに褒められても、まだまだや、でけてまへんて言う者は、もっともっと良うなろう思うて精進するもんなんや」

「……」

父親が真剣な眼差《まなざ》しで訊《き》いた。

「ええか、大輝。覚悟して答えろ。いっぺんしか訊かん」

「は、はい……」

「お前は、でけてるんか？　それともでけてへんのか？　どっちや」

大輝は、迷いなく答えた。

「でけてまへん」

「よっしゃ、それでええ。精進せえ！」

父親が破顔《はがん》した。今までに一度も見たことのないような、幸せそうな笑顔だった。

父親が、カバンを手元に引き寄せて、中から布包みを取り出した。それを解くと……位牌が出てきた。座敷机の上に、そっと置く。それはお婆ちゃんの位牌だった。親方が言う。

「お前、お婆ちゃん子やったんやてなあ」

「……へい」

そう言われて恥ずかしくなり頰が赤くなった。

「なんも恥ずかしいことやない。お婆ちゃんが亡くなりはって、家族で一番淋しい思いをしたんはお前やったて聞いてる。辛かったやろうなぁ」

「……あの時は何もする気がおきなくて」

「ええか、大輝。お婆ちゃんは死んでへん」

「え？」

一瞬、親方の言葉を聞き間違えたかと思った。

「わしは、ずいぶん前に、かみさんを亡くしてしもうたけど、かみさんは今も生きてる。どこにや？　て言われると困る。そやけど毎朝、仏壇の歌穂に話し掛けては叱られてる。『まだまだあかん』てなぁ。そうなんや、歌穂はなぁ、ここにいつもおるんや」

そう言い、親方は自分の左胸に右の手のひらをそっと当てた。

「お前のお婆ちゃんも、そうやないやろか」

大輝は、知らず知らずのうちに、左胸に手を当てていた。畳の上を、にじり寄り、お婆ちゃんの位牌に両手でそっと触れた。

「婆ちゃん……」

父親が言う。

「大輝、お婆ちゃんが『美味しいなあ』てびっくりするような料理作ってみぃひんか。それには、相当な覚悟が必要やけどなぁ」

「婆ちゃん、婆ちゃん……」

大輝が、位牌を力強く握ると、どこからか声がした。

〝なんや大輝、しっかりせんか。お婆ちゃんにまた美味しい出汁巻卵作ってな〟

え⁉

聞こえた、聞こえた。それはお婆ちゃんの声だった。

「婆ちゃん……」

大輝は、知らぬ間に位牌を両腕の中に抱きしめ、肩を震わせた。

（お婆ちゃん、待っててな。誰にも負けん美味しい出汁巻卵作ってやるからなぁ）

第五話　溜息をつけば幸せ花《はな》吹雪《ふぶき》

もも吉は、思わず感嘆の溜息《ためいき》をついた。

「春爛漫《らんまん》や」

濠川《ほりかわ》を進む舟の切っ先が、水面《みなも》にVの字の波を作って進んでゆく。

舟上《せんじょう》のもも吉は、利休鼠《りきゅうねず》地《じ》に松葉散らしの柄の着物。白地で御所解《ごしょどき》の柄の帯に、帯締めは薄い橙《だいだい》色と、いかにも雅《みやび》な雰囲気を醸《かも》し出している。

両岸から舟に覆《おお》いかぶさるようにして咲き乱れる桜は、あまりにも美し過ぎて目《め》眩《まい》を覚えるほどだ。小学五年生の小鈴《こすず》が、

「うわぁ〜見て見て美都子《みつこ》お姉ちゃん、きれいやねぇ」

と、はしゃいで言うと、

「ほんまや、ほんまや。桜のトンネルや。溜息が出るなあ」

と、美都子も子どもに還《かえ》って声を上げた。すると、小鈴が、

「え？　溜息てしんどいときとか、心配事があるときにつくんと違うん？」

と尋《たず》ねた。

「溜息にはいろんな溜息があるんや。感動したときにつく溜息もあるし、心配事があるときにつく溜息もあるんや」

とも吉が答える。

小鈴は納得した様子で、

「そうか、明るい溜息と暗い溜息やね」

と頷《うなず》いた。もも吉は、思わず子どもの感性に感心して、

「きれいな桜見てつくんは、明るい溜息いうわけやね。上手《うま》いこと言うなぁ、小鈴ちゃん」

と、微笑《ほほえ》んだ。

ここは酒蔵の街、伏見《ふしみ》。

「十石舟《じっこくぶね》」「三十石舟」は、江戸時代に伏見から酒や米などを大阪へ運ぶために行き来した輸送船だ。旅人も乗船し、大阪と京都を結ぶ主要な交通機関だった。その中には幕末の志士《しし》たちもいたに違いない。近年、その舟を宇治川《うじがわ》に繋《つな》がる濠川に、観光目的の遊覧船《ゆうらんせん》「伏見十石舟」として復活させ人気となっている。小鈴が言う。

「もも吉お母さん、ほら、花びら！」

土手《どて》の桜並木が、ゆらりと風に揺れたかと思うと、花びらが一斉《いっせい》に舞った。そのいくつかが舟内に入ってきた。小鈴は、花びらを捕まえようとして、手のひらを宙でグーパーグーパーと繰り返す。まるで、飛び交《か》うチョウチョを追っているかのように。

「あ！　取れた、取れたよ‼」

小鈴が、もも吉と美都子に見せようとして手のひらを開くと、再び花びらは風に乗って空に舞った。


もも吉は、かつて祇園甲部《ぎおんこうぶ》で人気・舞の技量ともにNo.1の芸妓《げいこ》だった。そのあと、お茶屋の女将《おかみ》を継いだが、故《ゆえ》あって今は甘味処「もも吉庵《あん》」を営んでいる。また、娘の美都子は、昼間はタクシードライバー、夜は芸妓「もも也《や》」としてお座敷を務めるという、祇園でも稀有《けう》な存在だ。

もも吉庵へは、花街《かがい》の人たちがひそかに悩み事の相談に訪れる。

もも吉はときおり、「おせっかい」を働いて人の道を説くことがある。とはいっても、昔は「おせっかい」が嫌いだった。行き過ぎた親切とか心遣いとかは、かえって仇《あだ》になると信じていたからだ。

それが、歳を重ねるに従い、少しずつ考えが変わってきた。心に思ったことを口に出さないまま、もし明日にでも息が途絶えたとしたら後悔するのではないかと思ったのだ。時にやさしい言葉を掛けて悩める者の心に火を灯《とも》す。時に厳しく生き方を諭したり、諫《いさ》めたりすることもある。

そんな相談者の一人に、京都タイムス社会部記者の大沼勇《おおぬまいさむ》がいる。

もも吉たちと一緒に舟に乗っている小鈴は、その勇の娘だ。

先天性の心臓の病気があり、幼稚園のときに一度手術をし、入退院を繰り返していた。母親は、腎臓《じんぞう》の持病が原因で出産の際に亡くなってしまった。子どもを産むかどうか医者も交えて相談しての出産だったが、勇に後悔が残った。しかし、妻の死とひきかえに小鈴を授かったことで、勇は小鈴を溺愛《できあい》している。

その小鈴は、昨秋に二度目の手術を受けた。

小鈴は、負けん気が強くて、弱音を吐《は》かない。誰にでも明るく振舞《ふるま》うので、小児《しように》病棟ではアイドルのような存在だった。小鈴の手術を前にして、勇は食事が喉《のど》を通らないほど心配していた。そんな父親の様子を見て小鈴は、

「パパが心配してどないするん、しっかりしなはれ。大丈夫や、成功するさかい」

と、反対に励《はげ》ますほどだった。しかし、いくらしっかりしているとはいえ、まだ十歳の子どもだ。手術が怖《こわ》くないはずがない。手術の前に外泊許可をもらって、勇と小鈴が「もも吉庵」へやって来たときのことだ。もも吉は小鈴に「もも吉庵」名物の麩《ふ》もちぜんざいをご馳走《ちそう》し、元気づけようとして言った。

「小鈴ちゃん、今度退院したら花見に連れて行ってあげよな」

「わあ～ヤッター！」

「どこがええ？　醍醐寺《だいごじ》さんか、それとも嵐山《あらしやま》か？」

「どこでもええの？」

「ええよ。遠くやったら美都子にタクシー出してもらうさかい。なあ、美都子」

「もちろんや」

「そないしたら、うち、いっぺん伏見十石舟乗ってみたいんや」

「なんでやの？」

「パパがママと付き合い始めた頃にデートで乗ったことあるんやて。そやからうちも乗りたいて思うてたんや。船内が狭いさかい、ぴったり肩寄せあってラブラブで乗ったんやないかなあ。帰りに長建寺《ちょうけんじ》の境内《けいだい》でチューしたりして……」

勇が慌てて、

「おいおい小鈴、恥ずかしいこと言うんやない……」

と言うと、

「あっ！　ほんまにチューしたんか？　パパ顔が赤いで」

と勇の顔をのぞき込む。もも吉は笑いながら答えた。

「決まりや。手術が終わって元気になったら十石舟乗ろな」

「もも吉お母さん、約束やで」

「ああ、約束や約束」

もも吉は、小鈴と指切りげんまんをした。

きっとその約束が、目には見えない力《パワー》を小鈴にもたらしたに違いない。難しいと言われていた手術は無事成功し、小鈴は小学校へも通える身体《からだ》になった。そして、約束を果たすため、今日は伏見に花見にやって来たのだ。

もも吉庵に戻ると、隠源《いんげん》と隠善《いんぜん》が既にL字のカウンターの奥の丸椅子《いす》に陣取って待ち受けていた。隠源は祇園甲部に隣接《りんせつ》する建仁寺《けんにんじ》塔頭《たっちゅう》の一つ満福院《まんぷくいん》の住職、隠善はその息子で副住職を務めている。

「あっ！　隠源のおじちゃんや。こんにちは」

そう挨拶する小鈴に、もも吉は言う。

「小鈴ちゃん、間違《まちご》うてる。おじちゃんやない、おじいちゃんや」

「なんやて、ばあさん。子どもに間違うたこと教えたらあかん。隠善がちいとも嫁さんもらわへんさかいに、孫もおらへん。そやから正真正銘《しょうしんしょうめい》のおじさんや」

小鈴は、いつもの調子のそんな二人の会話に微笑《ほほえ》みながら、

「隠源さんにお土産《みやげ》買《こ》うて来たよ」

と包みを差し出した。

「おお、酒まんじゅうやないか。しっとりとした皮になめらかなこしあんが癖になっていくつでも食べられる。おじちゃんの大好物や、おおきに」

伏見十石舟の帰りに、月桂冠大倉記念館《げっけいかんおおくらきねんかん》の売店に立ち寄り買ってきたのだ。

「なんやろ?」という顔つきをして、おジャコちゃんがカウンターにピョンッと飛び乗ったかと思うと、近づいてクンクンと嗅《か》いだ。

「純米大吟醸酒《だいぎんじょうしゅ》が入ってるんや、おジャコちゃんはあかんで」

そう言われると「つまらない」という表情をして、プイッと元いた角の椅子に戻って眠ってしまった。

「ばあさん、早《はよ》うお茶淹《い》れてぇな」

「まあまあ待ちなはれ、麩もちぜんざいの支度《したく》もしてあるさかい、そのあとで小鈴ちゃんのお土産みんなで食べよな」

もも吉は、奥の間から小さなお盆に載せて茶碗《ちゃわん》を運んだ。

小鈴と美都子が声を上げた。

「あっ! 桜や!!」

「お母さん……いつの間に!」

「今日は、花見ぜんざいや」

と、もも吉は答える。

美都子と小鈴が長建寺でお手洗いに行っているうちに、山門の脇の吹き溜《だ》まりの桜の花びらをこっそりとビニール袋に入れて持って来たのだ。その花びらを茶碗の周りに散りばめて、お盆の上での花見を演出した。

清水焼《きよみずやき》の茶碗の蓋《ふた》の上にも何弁《べん》かの花びらが載っている。

「さあさあ、召し上がっておくれやす」

もも吉がそう促《うなが》すと、みんなが蓋を取った。またまた小鈴が、

「わあ〜茶碗の中も春や！」

とはしゃいで言う。隠源もまるで子どものように眼を丸くして茶碗をのぞき込んだ。

「花見団子《だんご》やないか！」

桃色、抹茶《まっちゃ》色、そして白色と三種の麩もちを、ぜんざいの上に浮かべたのだ。

「いただきま〜す」

と、小鈴が言い箸《はし》を取ったときだった。表の格子戸《こうしど》が、ガラリと開く音がした。

「あっ、パパやない？」

間もなく襖《ふすま》が開くと、勇が息を切らして入って来た。

「もも吉お母さん、こんにちは……あっ！　みなさんお揃《そろ》いで、今日は小鈴がお世話になりましてありがとうございます」

「パパ、遅いでぇ」

勇は、右手で手刀《しゅとう》を切って、

「かんにん、かんにん」

と言い小鈴に謝った。十石舟には父親の勇も一緒に乗る約束をしていたのだ。しかし、美都子のタクシーに乗り込むなり、デスクから呼び出しがかかってしまった。やむなく勇は、もも吉と美都子に小鈴を預けて取材に飛んで行ったのだ。

「さあさあ、麩もちぜんざいでも食べて元気出しなはれ」

もも吉がそう言い、勇にもぜんざいを拵《こしら》えようと立ち上がった。

「あっ……ごめんなさい」

と、勇は内ポケットからスマホを取り出し、店の端《はし》へと移動した。

「え〜今からですか？　そんな殺生《せっしょう》なぁ」

と一言。もう電話は切れているようだ。苦虫《にがむし》を嚙《か》みつぶしたような表情の勇に小鈴が、

「また事件なんやろ？　それが新聞記者の宿命《しゅくめい》や。うちもパパみたいな記者になるのが夢やさかい、気にせんでもええよ」

と言うと、勇は小鈴の頭をやさしく撫《な》でた。

「おおきに。もう泣きとうなるわ」

そして、もも吉の方を向く。

「事件いうか、昨日の強風で思わぬ被害が出てましてこ。その取材なんです」

「春の嵐いうんでっしゃろか？　テレビでえろう強い風やったて言うてましたなあ。せっかく見頃迎えた桜が散ってしまうんやないかて心配してましたわ」

「そのせいで総合病院の隣のビルの看板が病院にぶつかって傾いてしまって、いまだに歩道には立ち入り禁止のロープが張られてます。軽傷やけど怪我《けが》した人がいたさかい、すぐに取材してこいて。あ～、ぜんざい食べそこなってしもうた」

勇は「ハァ～」と深い溜息をついた。すると小鈴が、勇の背中をポンッと叩《たた》いた。

「パパ、そんな暗い溜息はついたらあかん」

「なんやて？　小鈴」

「溜息いうんはな、明るい溜息と暗い溜息があるて知ってるか？　明るい溜息はいくらついてもええけど、暗い溜息はついたらあかんのや、幸せが逃げてしまうさかいに」

「ああ、それは困るなあ」

隠源が尋《たず》ねた。

「小鈴ちゃん、溜息ついたら幸せが逃げるて、そないなことどこで覚えたんや」

「テレビのドラマで言うてたんや。たしかに身体の力がヘナヘナて抜けてしまうような気がするさかい、溜息はつかんようにしてるんや」

「そうか、えらいなあ」

　小鈴は、もう一度、勇の背中を叩き、

「さあさあ、お仕事や。溜息なんかつかんと、お気張りやす」

と励ました。どちらが大人かわからない。もも吉は思わず苦笑《にがわら》いした。勇はみんなの顔を見回して言う。

「こいつ、だんだん亡くなった実加《みか》に似てきたんですわ。もうかないまへん」

そう言い、襖を開けて玄関へと出て行こうとした勇が、振り返って小鈴に言った。

「そうやそうや、忘れるところやった。小鈴、これ体育館シューズと文房具のお金や」

「あっ、パパ、おおきに」

「こいつ、学校の帰りに友達と寄り道して鴨川《かもがわ》で遊んでて、体育館シューズを無くしてしもうて。しっかりしているようでいて、やっぱり子どもなんですわ」

小鈴は、少し顔を赤らめて封筒に入ったお金を受け取る。

「もう〜パパったら。余計なこと言わんでもええ」

「はいはい、そないしたらみなさん、小鈴のことよろしゅうに」

「へえ、いつでも、麩もちぜんざいご馳走《ちそう》するさかい、お気張りやす」

と言い、もも吉は笑顔で勇を送り出した。本当は小鈴も、父親と一緒に花見をしたり、ぜんざいを食べたかったに違いない。もも吉は、それでも健気《けなげ》に明るく振舞おうとする姿に、胸が締め付けられる思いがした。さらに、勇に手を振る小鈴の横顔に、ふと「陰《かげ》」のようなものを感じた。

（なんやろか？）

心の中で首を傾《かし》げたものの、それが何なのか、さすがのもも吉にも計り知ることはできなかった。

「あのう〜ひょっとしたら舞妓《まいこ》さんですか？」

舞のお稽古《けいこ》の帰り道のことだった。

奈々江《ななえ》は花見小路《はなみこうじ》で、観光客らしき二人連れの女性に声を掛けられた。お座敷に出るときには、「おひきずり」と呼ばれる裾《すそ》の長いきらびやかな模様の着物を纏《まと》う。だが、お稽古や屋形《やかた》と呼ばれる置屋《おきや》のお母さんに連れられて食事に出掛けるときなどには、白粉《おしろい》をつけず薄化粧に普通の着物を着ていく。それを「そんなり姿」と呼んでいる。しかし、「割れしのぶ」という髪型を結《ゆ》ったままなので、舞妓だとわかってしまう。

返事に戸惑《とまど》っていると、次々と質問が飛んできた。

「中学卒業して、すぐに住み込みで働くって本当ですか？」

「なぜ、舞妓さんになりたいと思ったんですか？」

年格好《かっこう》からすると、大学生のようだ。これから屋形に帰って、お座敷の支度をしなければならないが、少しくらいなら、その質問に答えてあげたかった。祇園のこと、舞妓のことなど花街の文化を知ってもらいたかったからだ。奈々江は立ち止まり、急いで巾着《きんちゃく》からメモ帖を取り出そうとした。でも、見つからない。

（そうや、お稽古場に忘れてきてしもうた）

慌《あわ》てて「何か書くものはありませんか？」とペンを握って文字を書く仕草《しぐさ》をして尋ねたが、

「サインはいりません」

と一人の女性が言う。勘違いされてしまったようだ。今度はもう一人の女性が、

「なんで返事してくれないの？」

と言い、眉《まゆ》をひそめた。奈々江は、心の中で必死に答えた。

（違うの違うの、そうじゃないの。うち声が出ぇへんさかい……）

それが、まるで絞り出すような声になってしまった。

「う～う～」

女性たちの顔色が変わるのがわかった。

「気色《きしょく》悪い、もう行こ！」

「うん」

そう言うと、逃げるようにして去って行った。その背中から、

「舞妓さんて気取ってて冷たいのね」

「うん、がっかりした」

と言うのが聞こえた。奈々江は、泣きたくなるのを必死で堪《こら》えた。悲しい顔を人に見られるのが辛くて、急ぎ足で屋形へと駆けた。


奈々江は、しゃべることができない。何か言おうとしても、「う～う～」という苦しげな声しか出てこないのだ。お医者さんは、治療すれば必ず治ると言ってくれている。でも、それが「いつ」なのかわからない。

しゃべることができていたときには、「話せる」ことが当たり前だと思っていた。それは、ご飯を食べたり、歩いたり、息を吸ったりするのと同じように、無意識のことだった。言葉を失い、初めて言葉の大切さを知った。

奈々江は、東北の漁師町《りょうしまち》の出身である。

あれは、奈々江が小学三年生の春のことだった。

学校の授業が終わる直前、教室が大きく揺れた。先生に付き添われて集団で帰宅しようとしたその時、突然「海」がやって来た。そして、奈々江の大切な家族を奪っていってしまった。父と母。二つ年下の妹の未久《みく》。一緒に住んでいたお爺《じい》ちゃん、お婆《ばあ》ちゃん。さらに港の水産加工場で働いていた、母方のお婆ちゃんも行方《ゆくえ》がわからなくなった。

避難所で泣き明かし、三日目に母方のお爺ちゃんと再会できた。風邪《かぜ》をひいて高台にある病院へ診察を受けに行っていたおかげで、一命を取り留めたのだという。

その後、喘息《ぜんそく》の持病が悪化したお爺ちゃんは、漁師を続けることもかなわなくなってしまった。どうやって生きていったらいいのか。悩む中、テレビで「舞妓」という仕事があることを知った。厳しい修業が必要だというが、食べるもの、着るものなど一切のものを、屋形と呼ばれる置屋で面倒《めんどう》をみてくれるという。

奈々江は、迷うことなく花街の世界に飛び込んだ。

ところが、唯一《ゆいいつ》の身内であるお爺ちゃんまでもが肺炎で亡くなってしまい、ついには天涯孤独《てんがいこどく》になってしまったのだ。

舞妓というのは、芸妓になるために修業中の女の子のことを指す。その舞妓さんになるためにも、およそ一年間、修業が必要になる。その間、芸事や京言葉、習わしなどを仕込《しこ》まれることから、「仕込みさん」と呼ばれている。

さらに、奈々江は不幸に襲われた。人よりも倍の年月をかけて「仕込みさん」を卒業し、ようやく舞妓になれることになった矢先の出来事だった。台風が近づく中、屋形の琴子《ことこ》お母さんのお使いで出掛けた帰り道に、四条《しじょう》大橋を渡っている最中にそれは起きた。

急に突風が吹いた。

奈々江の雨合羽《あまがっぱ》のフードが風で脱げてしまった。

フードを直そうとしてよろけると、橋下にどっと流れて来る濁流が眼に飛び込んできた。その瞬間、「あの日」のことがフラッシュバックした。「海」がどんどんと、山手《やまのて》の方へと押し寄せてくる。家も車も……そして人も次々と呑《の》み込んでゆく。そうしている間にも、奈々江の小学校にまで、「海」が近づいてきた。

奈々江は、

「いやぁ〜いやいや〜」

と叫び、気を失った。そして、病院で気が付くと、「声」を失っていたのだ。

もも吉お母さんに言われたことがある。

「しゃべれんようになったんは気の毒なことや。そやけどなぁ奈々江ちゃん、ようお聞き。人いうんは、目の前にあるもんには感謝でけへん。無《の》うなって初めて、その価値に気付けるもんなんや。そやから神様があんたに、『今あるもんに感謝でけるようになりなはれ』言うて教えてくれてるて思うて、辛抱《しんぼう》しなはれ。きついこと言うてかんにんな。もう少しの辛抱やと神様を信じて気張りなはれ」

奈々江は、辛くなると、もも吉お母さんのこの言葉を思い出す。

前向きに生きようと、お座敷でもスケッチブックに書いて、お客様と会話をする。治療とリハビリで毎週、総合病院へも通っている。でも、思わぬところで今日のように、「しゃべれない」というハンデに心傷つくことがある。さっきの女の子たちに悪気《わるぎ》があるわけではない。しゃべれない自分が悪いのだ。

(もし、うちのせいで祇園の評判が悪うなったらどないしよう)

奈々江は、そう思うと涙があふれてきた。

小鈴は、手術が上手く行き、学校へ通うことができるようになった。五年生になってから、一度も通学できなかったので一年近く振りだ。でも、手術後も経過《けいか》を診《み》るために通院しなくてはならない。ときおり、検査入院も必要になる。その都度《つど》、小鈴は、長い入院生活を送っていた総合病院の小児科病棟に顔を出していた。

「あっ！　小鈴お姉ちゃんだ」

「ほんまや」

「お姉ちゃんや、お姉ちゃんや！」

長期入院している子どもたちが、小鈴の姿を見て一斉《いっせい》に声を上げた。

そこへ担当医の遠藤瑶子《えんどうようこ》先生が現れた。

「小鈴ちゃんは人気もんやねえ」

「うちより、これが目当てやないかて思う」

と、小鈴はカバンから絵本を取り出した。すると、小学二年生の葵《あおい》ちゃんが指を差して黄色い声で言った。

「あっ！『かいけつゾロリ』や。お姉ちゃん、読んで読んで～」

「そのつもりで持って来たんよ。みんな葵ちゃんのベッドに集まって～」

小鈴が集合をかけると、葵ちゃんの周りに五、六人の子たちがやって来た。小鈴は、自分が入院していたときから、幼い子たちに絵本の読み聞かせをしていた。看護師さんに「三冊までよ、疲れちゃうからね」と、よく注意されたものだ。

読み聞かせが終わると、葵ちゃんのお母さんが困った顔つきで話しかけてきた。

「小鈴ちゃん、聞いてちょうだい」

「葵ちゃんのお母さん、どうされたんですか？」

「葵がね、ちっとも勉強しなくて……」

ベッドの上で、たった今までニコニコしていた葵ちゃんの顔が曇《くも》った。葵ちゃんは、まだ一度も小学校へ行ったことがない。でも、総合病院には院内学級がある。長期の入院で学校へ行けない子どもたちが、学校と同様の勉強を一人ひとりの病状と学習進度に応じて行うものだ。

「あら、そうなん？　葵ちゃん」

葵ちゃんが、少々不貞腐《ふてくさ》れた顔つきで、

「フゥ〜」

と小さな溜息をついた。小鈴が入院していた頃には、院内学級で同じ先生に習っていた。その時は、熱心に漢字の書き取りをしていたという記憶がある。

小鈴は、やさしく声を掛けた。

「葵ちゃん、溜息ついたらあかんよ」

「なんであかんの？」

「溜息つくと幸せが逃げてくんや」

「え〜そんなん困る。わかった、もう溜息つかへん」

「えらいなあ、葵ちゃん。ほな一緒に勉強しよか」

「うん！　お姉ちゃん」

「まあまあ、この子は……小鈴ちゃんの言うことはよう聞くんやから」

小鈴は、ポンッと小さく胸を叩いた。

「任せてください。なあ葵ちゃん、また漢字覚えよな。手術が終わったら、うちみたいに小学校行けるようになる。そん時、授業についていけへんと困るさかい」

「うんっ」

葵ちゃんのお母さんが、笑顔になった。葵ちゃんは、小鈴と同じ先天性の心臓の病気がある。近く、手術を受ける予定なのだが、小鈴のときよりも難しいものになるらしい。小鈴は、葵ちゃんのことが本当の妹のように心配でならなかった。

「この子ったら、小鈴ちゃんが退院してから、歯磨きをサボりがちなんです。ご飯のおかずも好き嫌いが多くなって、残してばっかり。それに……」

「もうええからお母さんはあっち行ってて！　漢字の書き取りするんやから」

「はいはい、わかりました。小鈴ちゃん、そないしたらよろしくね」

そう言い、葵ちゃんのお母さんは、部屋から出て行った。

「聞いたで、葵ちゃん」

すると、

「えへへ」

と言い、舌をペロリと出した。

「仕方ないなあ、うちがやらなあかんこと紙に書き出してあげるさかい、ちゃんと守るんやで。学校行っても困らんようになあ」

葵ちゃんは、甘えるような声で小鈴に尋ねた。

「ねえ、お姉ちゃん。うち、ほんまに学校行けるようになるん？」

「うん、なるよ」

「友達できるかなあ」

「もちろんや」

「何人できる？」

「百人や」

「いじめられたりせえへん？」

小鈴は、この質問に一瞬、戸惑った。しかし、今までよりも大きな声で答えた。

「誰もいじめたりせえへん」

「ほんま？」

「ほんまや。もしいじめっ子がいたら、うちがやっつけたげるさかい、安心しい」

「うん……それからな、給食って美味《おい》しい？」

「美味しいでぇ〜。デザートにプリンがつく日もあるよ」

「プリン食べたい！」

「そやな、それにはちゃんと勉強しとかなあかん。一日の生活もきちんとでけるようにならんとあかん。わかるな？」

葵ちゃんは、口先をツンと尖《とが》らせながらも、

「うん」

と答えた。

「そうや、そうや。忘れるとこやった」

そう言い、小鈴はカバンからゴソゴソと取り出す。

「はい、お守りや。これがあったら手術は絶対、成功や」

「うわ〜何これ、キラキラ光ってきれいなお守りやなあ」

「きれいなだけやないで、効《き》き目ばっちりや」

それは、下鴨神社《しもがもじんじゃ》の摂社《せっしゃ》である御手洗社《みたらししゃ》の池の水が入ったお守りの「水守り」だった。透明の小さな球体の中には、御手洗池のご神水《しんすい》が入っており、無病息災《むびょうそくさい》のご利益《りやく》があるという。

「球の中に双葉葵の絵が浮かんでいるやろ。葵ちゃんにぴったりや思うたんや」

「おおきに、お姉ちゃん」

そのあと、小鈴は葵ちゃんの勉強を小一時間ほどみてやり、「守ることリスト」を作ってベッドの枕もとの壁に貼《は》った。

1、まいにち、かんじと、けいさんのドリルをやること
2、まいしょくご、はみがきをすること
3、みんなに、おはよう、おやすみなさい、のあいさつをすること
4、ごはんをのこさずたべること
5、ためいきをつかないこと

それを見て、葵ちゃんがまたまた溜息をつきそうになったので、

「あかん」

と言ったら、途中で息を吐《は》くのを止《と》めた。帰ろうとすると、葵ちゃんは淋《さび》しげな顔つきで言う。

「また来てくれる?」

「来るよ」

「ほんまに来る?」

「ほんまや」

「ほんまに、ほんま?」

「ほんまにほんまに、ほんまにほんまや!」

淋しさを通り越し、悲しげな瞳の葵ちゃんに、小鈴は小さな胸を痛めた。

奈々江は、週に一度、総合病院に通院している。声を取り戻すための治療だ。最初は、屋形の琴子お母さんや美都子さんお姉さんに付き添ってもらっていたが、今は一人で来られるようになった。

治療が終わると、いつも病院の屋上に上がる。そこは、ビオトープになっていて、小さな池があり、木々が生えている。奈々江が屋上へ来るのには理由があった。「泣く」ためだ。治療を続けていてもなかなか声が出ない。お座敷では、スケッチブックでお客様と会話をしなければならず、辛い毎日が続いている。奈々江はベンチに座って東山《ひがしやま》を眺めていると、いつの間にか涙があふれてくるのだ。

屋形でも、稽古場でも、ましてやお座敷でも、絶対に泣かないと決めていた。でも、涙は勝手に出てきてしまう。屋上は誰もが来られる場所なので、舞妓の髪型をしている奈々江は目立ってしまう。「あの娘《こ》、舞妓さんよ」「泣いてるみたい」などと、ひそひそ話が耳に入ってくることもある。

一人になれる場所を探して、大人の背丈ほどに茂《しげ》った椿《つばき》の木の裏手に回ると、屋上から地上に下りる非常階段を見つけた。恐る恐るジグザグの階段を降りていくと、そこに踊り場があるのが目に入った。奈々江は、「いい場所を見つけたわ。ここなら誰も来ないから、いくら泣いても平気ね」と思った。

ところが……しばらく経ったある日のことだった。踊り場に行くと先客がいた。それが小鈴だった。小鈴は、奈々江が口がきけないことをすぐに察し、メモ帖に筆記して会話することを、ごく自然に受け入れてくれた。

小鈴は、会うたびにいろんな話を聞かせてくれた。

最近、心臓の手術をして小学校へ行けるようになったこと。お父さんが新聞記者をしていること。そして、自分も大人になったら新聞記者になるのが夢だということ。さらに、小児科病棟に入院中の葵ちゃんという女の子が今度手術をするので、心配で仕方がないということ……。

さらに、

「うちママがおらへんのや。うちを産んだときに死んでしもうて」

と聞いたときには、奈々江はどう答えたらいいのかわからず、知らず知らず瞳が赤くなってしまった。

「泣かんでもええよ、昔のことや」

と気丈《きじょう》に言う小鈴が、よけいに不憫《ふびん》に思えた。

奈々江も、大きな「海」に家族をさらわれてしまったことや、舞妓になった経緯《いきさつ》などをメモ帖に書いて話した。小鈴は、その話の一つひとつに涙しながら、黙って読んでくれた。

さらに……。お互いに好きな「甘いもん」の話をしているとき、小鈴ちゃんが、

「うちな、麩もちぜんざいが好物なんや」

と言い出すので、びっくりしてしまった。急いで、メモ帖に書く。

麩もちぜんざいって、もしかしたらもも吉庵のこと?

「え!? 奈々江お姉ちゃん、もも吉お母さんのこと知ってはるの? ひょっとして、美都子お姉さんのことも?」

いつもいろんなこと相談に乗ってもらってます
わたしが舞妓になれたのも、もも吉お母さんと美都子さんお姉さんのおかげです

「世の中狭いなぁ、びっくりや」

まさか、自分と小鈴がもも吉庵で繋がっていようとは思いもしなかった。それで

ますます話が弾《はず》み、仲良しになった。通院日が二人とも同じ火曜日だったので、診察のあと、屋上の非常階段の踊り場で待ち合わせをすることにした。

さて、奈々江が今日も踊り場へ行こうとして椿の木の裏側に回り込むと、「立ち入り禁止」と書かれた看板にさえぎられてしまった。その上、よくテレビの刑事ドラマで見かけるような黄色のテープが張られている。そう言えば、看護師さんが言っていたことを思い出した。先日の強風で、隣のビルの看板が総合病院の方へ倒れてきてぶつかったというのだ。それで非常階段が使用禁止になったものと思われた。

そこへ小鈴がやって来た。

「あ〜残念やなぁ」

と、小鈴はいかにも悔《くや》しそうに言う。仕方なく、今日はビオトープのそばのベンチに座ることにした。幸い、人も少なく一番眺《なが》めの良いベンチが空《あ》いている。そこへ、二人して並んで座った。

小鈴は朗《ほが》らかでしっかり者だ。奈々江よりもずっと年下であるにもかかわらず、ついつい弱音を吐いてしまう奈々江を励ましてくれる。今日は、先日、花見小路で観光客らしき二人連れの女の子に、矢継ぎ早に質問されたときのことを零《こぼ》してしまった。「なんで返事してくれないの？」と言われたことが、頭の中で、ずっと繰り返しこだましていて辛いのだ。

「ハァ〜」

と、肩を落として溜息をついた。

小鈴が言う。

「奈々江お姉ちゃん、溜息なんかついたらあかん。幸せが逃げてくで」

「……？」

奈々江は、ハッとして口に手をやった。たしかに、いつも溜息ばかりついている

ような気がする。きっと無意識なのだ。メモ帖に書いて伝える。

おおきに、気を付けるね

奈々江は、「よし！　泣いてばかりいないで、笑顔でいよう」と心に誓《ちか》った。小

鈴のおかげで心が軽くなっただけでなく、パワーをもらったような気がした。小一

時間ほどおしゃべりをして、

また来週ね

と奈々江がメモ帖に書くと、小鈴は、
「うちも気張って学校行くさかい、お姉ちゃんもお気張りやす」
と言って、バイバイと手を振った。奈々江も手を振って返そうとして、ふと、心の中にもやもやとしたものを感じた。小鈴の笑顔が、最初に会ったときよりも何やらくすんで見えたからだ。

何かあったの？

と書く前に、小鈴はエレベーターの方へと行ってしまった。「気のせいかも」と言い聞かせようとした。しかし、そのもやもやが心の中に広がっていくことに、奈々江は自分でも気が付かなかった。

奈々江は病院の帰り道、祇園甲部の小路にある有楽稲荷大明神《うらくいなりだいみょうじん》へ立ち寄った。芸事の上達《じょうたつ》にご利益があると言われている。まだ舞妓になる前の「仕込みさん」のときには、「舞が上手くなりますように」と毎日のように祈願《きがん》したものだった。今は、それに加えて「声が元通りになりますように」と手を合わせている。
（いったい、いつその願いがかなうのだろう。もしかしたら、一生、声が出ないなんてことが……）

そう思うと、奈々江は不安に押しつぶされそうになった。

気付くと、また頬に涙が伝っていた。奈々江は誰にも見られぬように、慌てて手の甲《こう》で拭《ぬぐ》った。

葵ちゃんの手術の日が少しずつ近づいてきた。

小鈴は、葵ちゃんを励ますため、奈々江に頼んで病室に来てもらった。

「祇園で舞妓さんしてはる奈々江さんやで、葵ちゃん」

「わあ〜うち、舞妓さんに会うの初めてや」

「奈々江お姉ちゃん、ちょっと声が出えへんさかい、ここに書いてもらうね」

小鈴は、奈々江がメモ帖に書いた文字を、葵ちゃんに読んで聞かせた。

手術するそうですね
先生も看護師さんもみんなもついてるから大丈夫よ
わたしも声が出ない病気になったけど、きっと治ると信じて頑張ってます
葵ちゃんも不安でしょうけど、きっと治るよ

奈々江は、続けてこんなことを書いてくれた。

夕べ、屋形のお母さんに、葵ちゃんのことを話して頼んでみたの
そうしたら、手術が終わったら退院祝いに、病院で舞の披露《ひろう》をしてもいいっ
て
楽しみにしていてね

「ほんまに？　ほんまに？　舞妓さんの踊り見せてもらえるん？」

葵ちゃんは大はしゃぎだ。

小鈴は、奈々江に無理を言って本当によかったと思った。


ところが……その翌週の火曜日。

小鈴が小児科病棟を訪ねると、葵ちゃんのお母さんから相談された。ハンカチで目を押さえている。

「葵が急におかしくなってしまって……。手術しないって言い出したの。朝からご飯も食べないし、看護師さんに血圧も測らせないし。どうしたらいいのか……」

小鈴は、病室へと急いだ。

葵ちゃんはベッドの上で、毛布を頭から被って丸くなっていた。

「葵ちゃん、どないしたん？」

答えない。小鈴はもう一度、

「あ、お、い、ちゃ〜ん」

と呼んで、毛布を取ろうとするが、

「あっち行って」

と、力ずくで毛布を引っ張ってめくらせようとしない。今度は、毛布の上から身体を撫でて、

「どうしたの？」

と尋ねる。

「うち、手術しない」

「大丈夫よ、怖くないよ」

「しないったら、しないもん」

「手術しないと学校行けないよ」

「学校なんか行けなくてもいいもん」

小鈴には、葵ちゃんの気持ちが痛いほどわかった。自分もそうだったからだ。手術の直前に気持ちが不安定になり、手術が怖くなったのだ。葵ちゃんは、自分より

も三つも年下だ。当然のことだと思った。

「友達いっぱい作るんじゃなかったの？」

「友達なんていらないもん」

「給食も食べたいって言ってたよね」

……返事がない。小鈴はどうしていいのかわからず、かける言葉が見つからない。周りのベッドの子たちも、シーンとして見つめている。

突然、葵ちゃんが、毛布を投げ捨ててベッドの上に立ち上がった。そして、枕元の壁に小鈴が貼り付けておいた「守ることリスト」をベリッとはがした。

「なにするん！」

小鈴がそう言う間もなく、葵ちゃんは細かくちぎって辺りに撒《ま》き散らした。

「こんなのやらないもん！」

向かいのベッドの女の子は驚いて泣き出してしまった。看護師さんが飛んで来た。

「みんな嫌いだ！　小鈴お姉ちゃんも嫌いだ‼」

そう言い、枕元のキャビネットの上から、下鴨神社のお守りを摑んだかと思ったら小鈴に思いきり投げつけた。しかし、それは小鈴の頭の上を通り過ぎ、床にコロコロと音を立てて転がった。

「帰って、帰って～！　お姉ちゃんの顔なんか見たくない」

お母さんやお父さんの言うことを聞かなくても、小鈴の言うことは聞いてくれた。それなのに、なぜ……。小鈴は茫然《ぼうぜん》として動くことができなくなった。

葵ちゃんのお母さんに声を掛けられた。

「ごめんなさいね、小鈴ちゃん。今日のところはもう……」

小鈴は肩を落として、エレベーターのボタンを押した。こんな日に限ってなかなか来ない。やっと屋上に出ると、いつもの非常階段の踊り場へ行こうとして、立ちすくんだ。「立ち入り禁止」になっていることを忘れていたのだ。黄色いテープの前にペタンとしゃがみ込んだ。

「は～」

と、溜息をつきかけて思い留まった。

（だめやだめや……溜息ついたら幸せが逃げてく）

小鈴は、持って行き所のない辛い気持ちを、小さな胸に閉じ込めたまま両手を合わせ、

「神様、どうか葵ちゃんを助けてください」

と祈った。

奈々江は舞のお稽古の帰りに、屋形の琴子お母さんのお使いで、千社札《せんじゃふだ》を扱っている文房具店の「マル京」へ出掛けた。この店のお父さんには、声が出なくなったとき、どれほど励まされたかしれない。電話で予《あらかじ》めお願いしていた筆と半紙を受け取ると、奈々江は表に出た。大和《やまと》大路《おおじ》通《どおり》は狭くて一方通行だ。それでいて、タクシーなど地元の人が抜け道としてよく利用するので、交通量が多い。

奈々江は、ふと目の前を歩くお婆さんが気になった。なんだか足元が危なっかしい。立ち止まって見ていたら、急に路肩から道路の真ん中にフラフラ～とよろめいた。

「危ないですよ！」

と注意したかったが、声が出ない。そこへワゴン車が走って来た。

キキーッ！

急ブレーキの音が辺りにこだました。「マル京」のお父さんが何事かと飛び出して来た。目の前にお婆さんが倒れている。「マル京」のお父さんが駆け寄り、

「婆ちゃん、大丈夫か？」

と声を掛けた。お婆さんはしきりに腰をさすっている。車から降りて来た運転手は青ざめて震えながら言った。

「急に飛び出して来たんや……」

「マル京」のお父さんが尋ねた。

「大丈夫か？　婆ちゃん」

「痛《い》てて……腰が……」

お父さんが、運転手に言う。

「救急車呼んだ方がええな。それから、あんたの車がそこにおったら大渋滞《だいじゅうたい》になる。いったん四条通へ移動させなはれ」

「は、はい」

テキパキと対応するお父さんを見ながら、奈々江は落ち込んだ。この事故は防げたのだ。いや、お婆さんが怪我をしたのは、自分の責任なのだ。もし声が出せたなら、「危ない！」と叫べたなら……。奈々江は、その場から動くことができず茫然と立ち尽くした。やがて、遠くに救急車のサイレンが聞こえて来た。


今日はいよいよ、葵ちゃんの手術の日だ。

お父さん、お母さんが粘り強く葵ちゃんの話を聞いてあげたことで、葵ちゃんは落ち着きを取り戻すことができたそうだ。やはり、手術が怖くて、どうしていいのかわからなくなっていたらしい。

小鈴も、自分の手術の日のことを思い出していた。父親を心配させないように、メチャクチャ気を張っていた。本当は、「怖いよぉ」と甘えたかった。逃げ出したかったけれど、強がってしまったのだ。葵ちゃんのお母さんから前に聞いていた。

「あの子、『小鈴お姉ちゃんには、もう会いたくない』って言ってるの。本当にごめんなさいね、小鈴ちゃん。あんなにも良くしてもらって来たというのに……」

それでも小鈴は、居ても立ってもいられず、控室《ひかえしつ》にやって来てしまった。すると葵ちゃんのお父さんもお母さんも、「おおきに」と言って自分たちの隣の席に座らせてくれた。

手術が始まって六時間が経った。そろそろ終わってもいい頃だ。葵ちゃんのお父さんとお母さんは、ずっと時計ばかり見ている。そこへ、奈々江お姉ちゃんがやって来た。美都子お姉さんも一緒だ。小鈴が、奈々江の元に駆け寄ると、ギュウと抱きしめてくれた。奈々江お姉ちゃんは、メモ帖にササッと書いて差し出す。


小鈴ちゃん、顔色が良くないけど大丈夫?

心配し過ぎて、血の気が引いているのかもしれない。

「うん、なんもあらへん。大丈夫や」

と答える。すると葵ちゃんのお母さんが、

「これ以上遅くなると、お父さんが心配するさかい、小鈴ちゃんは帰った方がいいわ。今日は本当にありがとうね」

「パパがもうすぐ迎えに来てくれることになってるから大丈夫です。それまでここにいさせてください」

「おおきに、小鈴ちゃん」

と、葵ちゃんのお母さんは小鈴の手を握って言った。その時、手術室の扉が開き、バタバタッと看護師さんが一人、飛び出して来た。廊下を駆けて行く。何か異変があったに違いない。葵ちゃんのお父さんとお母さんの顔が青ざめるのがわかった。

少しして、戻って来た看護師さんを捕まえて、葵ちゃんのお母さんが言った。

「手術、まだ終わらないんですか？」

「はい、まだ続いています」

葵ちゃんのお父さんが震える声で尋ねる。

「な、何かあったんですか？」

「お父さん、お母さん、落ち着いてください。たしかに予定よりも時間がかかっていいます。難しい手術ですが先生も葵ちゃんもとても頑張ってます。すぐに戻らないといけないのですみません」

そう言うと、看護師さんはまた走って手術室に戻っていった。

控室は、さらに重い空気に包まれた。

誰もしゃべらない。咳払《せきばら》い一つ聞こえない。

小鈴は思った。

(きっと手術が上手くいってないんだ。もう終わってもいい時間のはず。うちが悪いんや。うちのせいや。うちが手術の前に葵ちゃんに厳しくしたさかい、手術に身体が耐えられなくなってしまったんや……)

小鈴は、足がぶるぶると震えた。それを両手で押さえようとすると、手も震えてきた。吐き気を催《もよお》し、お手洗いに駆け込んだ。

奈々江は、祈った。葵ちゃんの手術はきっと成功する。退院したら、お祝いに舞を見せてあげるのだ。有楽稲荷大明神の社《やしろ》を思い浮かべて祈った。

「どうか、どうか、葵ちゃんをお守りください。わたしはもう、声が出なくても平気です。わたしよりも葵ちゃんを助けてあげてください。どうかどうかお願いします」

　隣に座っている美都子さんお姉さんが、奈々江の肩をそっと抱き寄せてくれた。

　奈々江は、眼を閉じて祈り続けた。


「まだ手術、続いているんですね」

　その声に、奈々江は眼を開けた。

「あっ、小鈴ちゃんのお父さん……」

　葵ちゃんのお母さんが近寄り、小声で言った。

「いつも葵がお世話になっています。本当にありがとうございます」

「まだ手術は終わらないのですね」

「はい」

「大丈夫です。小鈴のときと同じ名医です。きっと成功しますよ」

「はい、そう信じています」

「ところで……うちの小鈴はどこに？」

　と小鈴ちゃんのお父さんが言った。

「はい⁉　……そこに……あれ？　お手洗いやろか」

美都子さんお姉さんが、

「うち、見て来ます」

と言い、探しに行ってくれた。しばらくして、

「おかしいわねえ、お手洗いにはおらへん」

小鈴ちゃんのお父さんが笑って言う。

「困ったもんです。きっと待ちくたびれて、病院の中をうろうろしているんでしょう。いったい何をしに来たのか」

「ついさっきまでは、ここに座ってはったのに」

と、葵ちゃんのお母さんが答えた。

「ちょっとロビーとか休憩室とか探してきます」

小鈴ちゃんのお父さんが待合室から出て行こうとすると、美都子が、

「うちもご一緒します」

と言って立ち上がった。

「そうですか、ありがとうございます」

「奈々江ちゃん、ちょっと行ってくるね」

奈々江は、コクリと頷《うなず》いた。葵ちゃんのことが心配だ。しかし、小鈴ちゃんのことも気にかかる。さっき、顔色がずいぶん悪かった。体調が優《すぐ》れないのかもしれ

ない。どこへ行ってしまったのだろう。ふと思った。ひょっとしたら……。

奈々江は一人、待合室を出るとエレベーターに乗って「R」のボタンを押した。

風が強いせいか、屋上には誰もいなかった。

（こんな日に、屋上へ来るわけがないか……となると、小鈴ちゃんはどこへ行ったのだろう。もうお父さんが見つけているかもしれない）

奈々江は、エレベーターの方へと戻りかけて立ち止まった。

（そんなわけはない）

そう思いつつ、もう一度屋上へ出て椿の木の方へと駆《か》けた。風で、着物の裾《すそ》がめくれ上がる。ぐるりと回り込むと、まだ「立ち入り禁止」の黄色のテープが張られている。しゃがみ込んでテープを潜《くぐ》り抜けて、非常階段の下の方をのぞき込んだ。

ここからではよく見えない。

一瞬、風が強く吹いてきて身体が揺らいだ。

階段を数段降りていくと踊り場に……。

（あっ！　小鈴ちゃんだ!!）

小鈴ちゃんが、踊り場の手すりに摑まってうずくまっている。どうしたというのだろう。奈々江は、さらにゆっくりゆっくりと足元を確かめて階段を降りる。

一段、二段、三段……。草履《ぞうり》を履《は》いているため階段を降りにくい。

（もう大丈夫よ、お姉ちゃんが来たから）

そう心の中で呟《つぶや》く。しかし、小鈴ちゃんは気付いてくれる気配がない。奈々江は、どうしたら小鈴ちゃんに自分がここにいることを伝えられるか考えた。慌てて探しに来たので、ペンとメモ帖の入った巾着袋を控室に置いてきてしまった。

そうだ！　と閃《ひらめ》いた。髪から簪《かんざし》を抜き取って、手すりに打ち付けた。

カンカンッ！　カンカンッ！

だめだった。簪が細すぎるからか、それとも風が吹いているからか、とても小鈴ちゃんのところまで音が届きそうにない。声が出ないことが、これほどもどかしく感じられたことはなかった。

踊り場まであと二、三段というところまで行くと、ようやく小鈴ちゃんが奈々江に気付いてくれた。

「お姉ちゃん……」

泣きそうな声が聞こえた。そこでハッとした。踊り場が斜めに傾いている。それで小鈴ちゃんは、怯《おび》えて動けなくなってしまったのだ。それを見て、奈々江も足がすくんだ。どうやって助けたらいいのか。誰かを呼びに行こうか。しかし、その間に踊り場がもっと傾いてしまうかもしれない。

（待っててね、小鈴ちゃん。もう少し頑張って！）

届くはずもない心の声で呼びかけて、階段を降りようとすると、その瞬間、風が強く吹いた。

「キャッ！」

踊り場が揺れて、小鈴ちゃんがか細い声で叫んだ。奈々江もよろけて尻餅《しりもち》をついてしまった。草履の片方が脱げて、階段の隙間《すきま》から下に落ちていった。奈々江は気を取り直し、左手で手すりにギュッと摑まり、右手を精一杯に伸ばした。

（この手に摑まって！）

と、また心の中で叫ぶ。小鈴ちゃんは、手すりに抱き着いたまま動けないでいる。

「お、お姉ちゃん……助けて……」

そう言う声も、風に飛ばされた。奈々江は、右足を踊り場へと乗せて、さらに手を伸ばした。その時だった。グラリと身体が揺れた。踊り場の鉄板がきしみ、ギギィ～という奇怪な音をさせて傾いた。

（神様、仏様、どうかお助けください。小鈴ちゃんをお助けください）

わたしはもう一生しゃべれなくてもかまいません。だから、だから、小鈴ちゃんをお助けください）

次の瞬間、絞《しぼ》り出すような声が非常階段にこだました。

「誰か〜助けて〜！」

奈々江の声が、東山まで届くかのように辺りに響きわたった。


もも吉は、麩もちぜんざいを、それぞれの前に置いた。もも吉庵のカウンターには、小鈴とお父さんの勇、そして奈々江と美都子が座っている。

あれからもう十日が経つ。心臓の手術は無事に終わったものの葵ちゃんは意識が戻らず、まだ集中治療室にいる。

「さあさあ、食べなはれ。心が疲れたときには、甘いもんが一番や」

もも吉が勧めても、小鈴は箸をつけようとしない。

「それにしても驚きました。奈々江ちゃんの声が出たて聞いて」

「ほんまや、お母さん。うちも驚いてしもうた」

と、美都子が微笑む。

あの日、小鈴は、立ち入り禁止のテープを潜り抜けて非常階段へと入り込んだ。本人は、それがいけないことだとはわかっていたが、思い悩むうちにボーッとなり、気付くと踊り場にいたという。

隣のビルの看板が先日の強風で傾き、総合病院の非常階段にぶつかった。傾いた看板の方はすぐに撤去《てっきょ》されたが、総合病院の非常階段の方は、異常がないかどうか点検をする予定だったという。そのため立ち入り禁止にしてあったのだが、強風被害がいろいろな所で発生したため、点検が延《の》び延びになっていた。そこへ、小鈴ちゃんが入り込んでしまったという訳だった。

奈々江が、「助けて！」と叫んだ。その声は、屋上へ探しに来ていた小鈴のお父さんと美都子にまで届き、救い出すことができたのだ。まさか、立ち入り禁止のところへ入り込んでいるとは誰も思わない。小鈴を救えたのは、奈々江のおかげである。

しかし、いまだ葵ちゃんの容態《ようだい》を見守らなければならない中、「よかったねぇ」と手放しで喜んでやることができず、もも吉はもどかしかった。

奈々江は、メモ帖に書く。

> うちも声が出てびっくりしました

主治医の先生は「一度でも声が出たということは、これからの治療に光が見えましたね。きっと治りますよ」と言ってくれたという。

小鈴ちゃんは、手にした箸を置いて言った。

「うちのせいで、葵ちゃんの手術が上手くいかんかったんや」

美都子が言う。

「手術は成功や言うてはったえ。心配ない」

「そやない、そやない……うちのせいや」

もも吉は、できるだけやさしく声を掛けた。

「うちのせいて、どないしたん？　小鈴ちゃん」

「うちな、うちな。葵ちゃんに、ついついおせっかいしてしもうたんや」

「おせっかい？」

「うちな……小学校でいじめられてるねん」

「え？」

勇が、驚いて小鈴を見た。

小鈴は、たまっているものを吐き出すようにして、一気にしゃべり始めた。

「四年生までは、ときどき休んだりするくらいやった。それが五年生になって、一度も学校へ行かれへんようになって……最初のうちはクラスの子たちが病院へお見舞いに来てくれたんや。そやけど、夏休み過ぎた頃には誰も来んようになった。手術が終わって、冬から学校へ行けるようになると、みんなはやさしくしてくれた。でも、それは最初のうちだけやった。まだ激しい運動したらあかんて先生に言われてるから、体育の授業を見学してたときのことや。その日はマラソン大会の練習やった。男の子に『お前はええなあ、走らんでもええなんて』て言われた。うちだって、走れるものなら走りたい。そないしたら、それがきっかけで、みんながうちのことヒソヒソ話するんが聞こえて来るようになったんや。『あの子、ほんまは走れるのに、ズルしてるんや』て」

勇は、ショックで声さえも掛けられないようだった。

「そんな～」

と美都子が声を上げた。

「その次の日のことや。漢字の書き取りテストで八点しか取れへんかった。そのテスト用紙、隣の子に取り上げられて『百点満点やで、十点満点やないでえ』てからかわれた。手術の前までは院内学級で一生懸命に勉強してたけど、手術してからでけへんかった。ちょうどその範囲が出題されたんや。それから他にも、いろんないじわるされるようになった。給食のおかず少のうされたり、体育館シューズが片方無《の》うなったり。それで、パパには『無くした』言うて新しいの買うてもろたんや」

勇は、目を見開いて言った。

「知らへんかった……かんにんや、かんにんや」

「ううん、うちがパパにいじめられてたこと内緒《ないしょ》にしてただけや。心配かけとうなかったさかい。そやけどうちは泣いたりせえへん。溜息もつかへんし、愚痴《ぐち》も言わへん。だってな、だってな……」

勇が、小鈴の両手を取った。小鈴がそれを強く握り返した。

「な、なんや小鈴……」

「だってな、だってな、うちが泣いたらパパが悲しむやん」

「かんにん、かんにんや、小鈴」

「うちな、葵ちゃんにはそんな辛い思いさせたくなかったんや。学校へ行ったら、漢字がちゃんと書けんとあかん。いじわるされんように、みんなに挨拶《あいさつ》でけんとあかん。給食残したら、何言われるかわからへん。うちみたいにいじめられんように、入院中に何でもでけるようになっとかんと……」

「そないに苦しんでること、気付いてやれんかったなんてダメな父親や」

と言い、勇は項垂《うなだ》れる。

「そんなことないで、パパ。パパの仕事は新聞記者や。いつでも事件が起きたら飛んでいかなあかん。うちもパパみたいな新聞記者になりたいんや。そやから、忙しいパパに迷惑はかけとうなくて……」

そう言いつつ、小鈴は泣いている。瞳は真っ赤だが、その涙を拭おうとはしない。もも吉は、思った。

来月から小学六年生になるとはいえ、まだ子どもだ。それなのに、こんなにも強い心を持っているとは……。だが、その「強さ」が危うい。それこそが、もも吉が小鈴の笑顔の裏に感じていた「陰」だと気付いた。

「ええか、小鈴ちゃん」

もも吉が話しかけると、小鈴がうるんだままの瞳を向けた。

「まだ小さいあんたには酷《こく》かもしれへんけどなあ……」

そう言うともも吉は裾の乱れを整え、一つ溜息をついた。普段から姿勢がいいのに、いっそう背筋がスーッと伸びる。帯から扇《おうぎ》を抜いたかと思うと、小膝をポンッと打った。ほんの小さな動作だが、まるで歌舞伎《かぶき》役者が見得《みえ》を切るように見えた。

「小鈴ちゃん、溜息はついてもええんやで」

「え？」

「つきたいときに、ぎょうさんつきなはれ」

「……だって溜息ついたら幸せが逃げるって」

「まあ、そう言わはるお人もおることはたしかや」

「うち、不幸にはなりとおないさかい……」

もも吉は、たとえ話をすることにした。

「小鈴ちゃんは、楠《くすのき》てわかるか？」

「木の楠のこと？」

「そうや、青蓮院門跡《しょうれんいんもんぜき》はんとか新熊野神社《いまくまのじんじゃ》さんとかにある大楠《おおくす》が有名やな」

「うん、植物園にある楠の並木道を通ったことがあるよ」

「よう知ってはるなぁ。その楠はずいぶんと大きいやろ。新熊野神社さんの楠の樹齢《じゅれい》は八百年とも九百年とも言われてる。日本中に古い楠があるんやけど、なんでそないに長生きして見上げるような大きな木になるかわかるか？」

小鈴は、神妙な顔つきで首を横に振った。

「これはな、名人《めいじん》やて言われる庭師の仁斎《じんさい》さんから聞いた話や。楠の枝は柔らかくて折れやすいんやそうや。この前みたいな大風が吹くとなあ、その枝が折れて地面に落ちてしまう。そうすると、枝が無うなってスースー風通しがようなる。それで、大風が吹いても根っこから倒れることがないんやそうや」

「わかった！　楠は長生きするためにそうしてるんやね」

「その通り、かしこい子や。昔からこういうことわざがある。『柳の枝に雪折れなし』。柳の木は、柔らかい。それやから雪が枝に積もっても折れへん。ええか、ここからが肝心《かんじん》なとこや。柔らかなもんは、一見弱々しく見えるけど、実は強いんや。辛いこと、苦しいことに遭《お》うたときにも、ポキリと折れることはないんや」

「あっ……もも吉お母さん、それで溜息ついてもええて言うたんやね」

「そうや。溜息はなあ、つかんようにしよう思うても出てしまう。溜息ついたら力がフーッて抜けてしまう気がするけど、それでええんや。たまには力抜かんと参ってしまうさかいになあ。ええか、小鈴ちゃん。溜息は、楠で言うと枝や。辛いこと、苦しいことがあったら溜息ついて、身体という幹が倒れんようにするんや」

「そうか〜溜息ついてもええんやね」

もも吉は、小鈴の顔色がパッと明るくなるのを見て取った。

そこへ電話が鳴る音がした。勇のスマホだ。

「またデスクから呼び出しかも……すみません」

と言い、部屋の端まで行って電話に出る。

「え？　……ほんまですか！　それはよかったです。え⁉　よろしいんですか？」

「パパ、会社からやないの？」

「いいや、葵ちゃんの面会許可が下りたて、葵ちゃんのお母さんから電話や。かなり元気そうやて」

「よかったどすなあ。うちらも一緒に伺ってもよろしいやろか」

と、もも吉が言うと勇が笑顔で答えた。

「もも吉お母さんも美都子お姉さんも一緒に行きましょう、なあ小鈴」

「うちは……」

「なんや」

「行かん方がええ思う」

「なんでや」

「手術の前に、葵ちゃんとケンカしてしもうたさかい」

「何言うてるんや、手術は成功したんや。『おめでとう、よう頑張ったね』と言うてあげ」


小鈴は、暗い表情で「うん」と小さく頷いた。


葵ちゃんは、集中治療室から一般病棟の個室に移動になっていた。小鈴は、もも吉、美都子の後から恐る恐る部屋に入った。だが、葵ちゃんと顔を合わせるのが怖くて、みんなの一番後ろに隠れるようにして立った。それに葵ちゃんが気付いた。

「あっ！　小鈴お姉ちゃん、来てくれたんや」

小鈴は、おずおずとももも吉と美都子の身体の間から顔を出した。

「よかったね、葵ちゃん」

「お姉ちゃんのおかげや、おおきに」

「うちは……なんも……」

　葵ちゃんのお母さんが、葵ちゃんの手を取って言う。

「この子、手術室に小鈴ちゃんからいただいた下鴨神社のお守りを持って行ったんよ。手術中ずっと右手に握っていたの。手術が終わって意識が戻っても、ずっとお守りを握っていたさかいに、汗でべたべたなんよ」

「え⁉　……お守りを？」

「うん、お姉ちゃんがそばにいてくれるから大丈夫やと思うてた」

　そう言い、差し出した右手を開くと、そこには小鈴が渡した「水守り」があった。

「葵ちゃん……」

　小鈴は、駆け寄って葵ちゃんの手を握った。

「かんにんな、かんにん、葵ちゃん。うち、きついことばかり言うてしもうて。なんもせんでええ。生きててほしい。それだけでええ。一緒にまた絵本、読もうな」

「あのな、お姉ちゃん」

「なんや、葵ちゃん」

「うち、小学校行けるかなあ？」

「もちろん行けるで、行ける」

「友達百人でける？」

「でける、でける。千人でける」

「給食も？」

「いっぱいいっぱい食べたらええ。プリンも出るよ」

小鈴は、頬に涙が流れるままに任せて泣いた。

「ねえ、なんで泣いてるん、お姉ちゃん。どこか痛いの？」

「ほんまや、嬉しいはずやのに」

「なんで？　嬉しいのに泣くん？」

「うちもわからへん。嬉しくて泣くんは、うちも初めてやさかい」

すぐそばで、みんなが笑った。


その週末、総合病院の屋上で、舞の披露会《ひろうかい》が催《もよお》された。参加可能な入院患者が集まった。小鈴は、葵ちゃんと一番前の列に仲良く並んで座った。

「もも奈《な》」こと、奈々江お姉ちゃんと、「もも也《や》」こと美都子お姉ちゃんの舞が始まった。「祇園小唄《ぎおんこうた》」だ。

♪テン、テン、テン、トン、ツツツツツットントトゥン……

〽月はおぼろに東山《ひがしやま》
霞《かす》む夜毎《ごと》のかがり火に
夢もいざよう紅《べに》ざくら

小鈴は、なんて美しいのだろうと思った。

「きれいやなぁ、お姉ちゃんたち」

見惚《みと》れて無意識に溜息をつきかけ、途中でハッとして止めた。

そこで思い直して、改めて大きく溜息をついた。

ロビーのあちらこちらからも、溜息が漏《も》れている。

みんなの溜息が、みんなに幸せを招き寄せた。

巻末特別インタビュー

著者・志賀内泰弘がもも吉お母さんに京都の名水&美味《おい》しいもんを尋《たず》ねる

ちっとも原稿が進まず、編集者に鴨川《かもがわ》沿いのあるホテルに缶詰めにされてしまった。パソコンに向かってばかりで疲れてしまったので、こっそり部屋から抜け出し散歩に出掛けることにした。そんな時に、ついつい足が向くのは、もも吉庵だ。

「もも吉お母さん、こんにちは……あっ、みなさんも、こんにちは」

美都子《みつこ》、隠源《いんげん》、隠善《いんぜん》といつもの顔ぶれがカウンターに揃《そろ》っている。

「志賀内《しがない》さん、お疲れのようどすなぁ。ちょうどでけたとこやさかい、一緒に麩《ふ》もちぜんざい召し上がっておくれやす」

「ありがとうございます。そう言えば、もも吉お母さんがお勧めの甘いもん、読者の方々から、どのお店のお菓子も美味《おい》しかったとお便りをいただきました」

第四巻で、もも吉お母さんイチオシの「京都の甘いもん」を教えてもらって紹介したのが、殊《こと》のほか好評だったのだ。

「それは良《よ》うおしたなぁ」

「それで五巻の巻末にも何か良いアイデアをお願いしたいんです」

「難儀《なんぎ》なことやなぁ。そやけど読者さんのためやからなぁ。そうや！　今回は美都子の案内でどないやろ」

今日はタクシーの仕事が休みらしく、真っ白なTシャツにジーンズの美都子が、小さく自分の胸をポンッと叩《たた》いた。

「任しといてや、志賀内さん。第五巻では洛中《らくちゅう》の名水を紹介してはるて聞いてます。名水巡《めぐ》りを中心に美味しいもんはどうどすか？」

「ぜひ、お願いします」

「では、早速《さっそく》。京の名水と美味しいもんのぶらり旅の出発どす」

美都子はまるで、お客さんにガイドをするかのように話し始めた。

「まずは京都駅から地下鉄で四条駅まで参りましょか。四条通を西へ醒ヶ井通《さめがいどおり》まで歩くと、和菓子の『烏羽玉《うばたま》』で有名な『亀屋良長《かめやよしなが》』さんがあります。その敷地の西側にあるのが『醒ヶ井』どす。洛中三名水と言われた『左女牛井《さめがい》』いうんが五条堀川を下がったところにありました。この『醒ヶ井』はそれにちなんで名付けたようどす。和菓子作りに使《つこ》うてはると聞いてます。えろう柔らかいお水なんどすよ」

さすが美都子、案内は立て板に水のような説明だ。隠源が、腕組みをして、

「烏羽玉は絶品。わての大好物や」

と言うと、隠善が窘《たしな》める。

「おやじは甘いもんならなんでもええやないか。黙って美都子姉ちゃんの話聞かなあかんで」

隠源は口を尖《とが》らせて首をすくめた。

「次は四条西洞院《にしのとういん》まで戻って上がりましょう。六角《ろっかく》通と三条通の間に馬場染工業《ばんばせんこうぎょう》いう会社があります。黒染《くろぞ》め専門のお店どす。ここの『柳《やなぎ》の水』は千利休《せんのりきゅう》が好んだいうんで知られてます。第四話で志賀内さんが書く言うてはる名水の一つやねえ。なんでもこの水で染めると深い黒が出るて聞いてます。この水でお茶を淹《い》れるとまったりしていて、ほんまええんどすえ」

「はい、僕も汲《く》んで来ました。この水で淹れたお茶が甘いもんにはぴったりですよね」

「ここから歩くのはきついさかい、地下鉄に乗りましょう。四条駅へ戻るか、烏丸《からすま》御池《おいけ》駅まで歩いて、丸太町《まるたまち》駅まで行ってください。丸太町通に出たら西へ歩き西洞院を右折して一筋目をもう少し上《かみ》に行くと左側にあるのが生麩《なまふ》で有名な『麩嘉《ふうか》』さ

んどす。ここの『滋野井《しげのい》』いう名前の井戸水は、おいしゅうてご近所さんもよう汲みに来てはります」

すると、もも吉がその味を思い出すように目を閉じた。

「『麩嘉』さんの艶《つや》やかな麩饅頭《まんじゅう》はほんまよろしおす。ああ、食べとうなってきたわ」

「はい、今度、手土産《てみやげ》に買って来ますね」

「志賀内さんにねだってるわけやあらしまへん。そやけど嬉《うれ》しおす」

「さて、次はそこから東へ歩いてもらいます。烏丸下立売《しもだちうり》を下がったところにあるんが菅原院天満宮神社《すがわらいんてんまんぐう》どす。菅原道真公《みちざね》が産湯《うぶゆ》に使った『初湯の井戸』は参拝客が汲みやすいように蛇口《じゃぐち》が二つもありますんや。うちはコーヒー淹れるんにこのお水使《つこ》うてます」

ちょっと気になって美都子に尋ねた。

「あの～菅原道真の邸宅《ていたく》があったと言われる下京区《しもぎょうく》の菅大臣神社《かんだいじん》にも産湯の井戸がありますよね」

「さすがは志賀内さんや。よう御存じやなぁ。菅大臣神社の井戸は涸《か》れているようやね。まあ、どちらも道真公ゆかりの地どす。他にも火尊天満宮《かそん》さん、水火天満宮《すいか》さんもありますし、それだけ道真公はみんなから崇《あが》められてるいうことやて思います」

またまた隠源が口をはさんだ。

「菅原院天満宮神社の近くに竹邑庵《ちくゆうあん》太郎敦盛《たろうあつもり》いうおそば屋さんがあってなあ。ここの『あつもりそば』がうまいんや」

「そこでランチにしてもええなぁ。よう歩かなあかんさかいエネルギー補給して。さあ、続けますえ。今度は烏丸通を渡って、下立売御門《ごもん》から御所《ごしょ》の中を東に突っ切ります。寺町通へと出ると北へ上《あ》がっておくれやす。五分ほど歩くと萩《はぎ》で有名な梨木《なしのき》神社に出ます。ここの『染井《そめい》の水』は京都三名水の一つと言われて、今も涸れずに気張ってはるんどす。いつ行っても誰かが水を汲んではります。甘味を感じるお水で、お茶でもコーヒーでも何でも相性《あいしょう》がええ思うてます」

「わしは染井の水は焼酎《しょうちゅう》のお湯割りに合う思うで」

と言う。呆《あき》れて誰も答えない。もも吉と隠善が眉《まゆ》をひそめた。美都子はかまわず話を続ける。

「寺町丸太町を下がると下御霊《しもごりょう》神社《じんじゃ》どす。ここの手水舎《てみずや》の水は『御香水《ごこうすい》』と呼ばれ、癖のない柔らかい味を求めて、遠くからも汲みに来はりますね」

「この辺《あた》りに来たら寺町通竹屋町《たけやまち》の『進々堂《しんしんどう》 寺町店』に寄らんわけにはいかしまへんなあ。うちはサックリふんわりのカレーパンが好きどす」

もも吉が思い出したように呟《つぶや》いた。

「ここからは一度河原町《かわらまち》通に出て下がりますえ。竹屋町通を渡り一つ目の筋をザ・リッツ・カールトン京都の方へ入ると銅駝《どうだ》美術工芸高等学校があります。そのそばにある銅駝会館の防災用の地下水が、実は隠れた名水なんえ。ご近所の方がポリタンクを持ってきて汲んではりますさかい」

「へえ、防災用なのに名水って、なんて贅沢《ぜいたく》な町なんだ」

そうわたしが感嘆すると、

「うちのお友達がこの近くで喫茶店をしてはるんですけど、まろやかなここの水をコーヒーや料理に使《つこ》うてます」

美都子はどことなく誇らしげだ。

「そのあと、御池《おいけ》通から寺町商店街を下がります。ちょっと離れてますけど、頑張って歩いてください。京の台所と呼ばれる錦《にしき》小路通の東端に、またまた天満宮がありますの。錦天満宮どす。境内《けいだい》に湧くご神水《しんすい》『錦の水』は、夏は冷たく、冬は温かい。まあ、井戸水いうんはそういうもんやけど、ここの名水は紅茶、緑茶、コーヒーと、なんでもいけますえ。そうそう、寺町通の四条をさらに下がったところの『仙太郎《せんたろう》』の『ご存じ最中《もなか》』は、あんこが最中からはみ出す感じがたまりまへんさかいに忘れんように」

「いよいよゴールが近づきました。一気に河原町五条まで下がりましょう。一筋下がったところに、女性の守り神として知られる市比賣《いちひめ》神社があります。ここの御神水『天之真名井《あめのまない》』は京都を代表する名水の一つどす。女の子が生まれたら、産湯にこの水を使うて、女人守護《にょにんしゅご》の祈願《きがん》をしたと言われてます。そこからちょっといま来た道を戻って、河原町松原《まつばら》を西へ入ったところに、和菓子の『幸福堂《こうふくどう》』いうんがあります。ここの『ごじょうぎぼし最中』は、あんこ好きにはたまりまへん。『天之真名井』で淹れたお茶によう合います」

「いやぁ、なんかお腹いっぱいになった気分です」

「ざっと紹介しましたけど、洛中には他にも地元の人々に愛されてる名水がぎょうさんあります。たいていは誰でも自由に汲めますけど、衛生面の注意などマナーは守ってくださいねぇ。井戸を維持《いじ》するための募金をお願いしてはるところには、ちょっと気を配ってあげとくれやす。それに、お店の中にある名水は定休日がありますさかい、事前に確認してくれはったほうがよろしおすえ」

「わぁ、ほんとうにありがとうございます。やっぱり京都は名水の街ですねぇ」

わたしが感心していると、

「そのおかげでお酒もええのがおますやろ。伏見《ふしみ》の方に酒蔵がいくつもあるけど、やっぱり水がええんやな。灘《なだ》の男酒、伏見の女酒言いますやろ。灘の宮水《みやみず》は硬水《こうすい》やから辛口のお酒が多い。伏見のは軟水《なんすい》で、口当たりのええお酒が出来るんや。同じ日本でも水が違えば出来上がるお酒も違う。おもしろいもんですなあ」

と言いながら隠源が、杯《さかずき》を傾ける仕草《しぐさ》をした。もも吉が言う。

「まさに水は京の文化。お豆腐《とうふ》屋さんや湯葉《ゆば》屋さん、和菓子屋さん、染物屋さんだけやのうて、京都の街はどこもかしこもお水のおかげで成り立ってるようなもんやて思います」

美都子が思い出したように、

「あっ、そや、祇園の名水も紹介しとかな。なんていうても八坂《やさか》神社の境内《けいだい》にある御神水どす。『力水』とも呼ばれ、氣の力がもらえるんと、肌につけると美人になるとも言われる不思議な水どすえ。ただし、飲むのは煮沸《しゃふつ》してからね」

話に聞き入り、私は、たいへんなことに気付いた。

「あっ、しまった！　今の説明、メモするの忘れてました」

「なんやて〜、志賀内さん」

「美都子さん、ごめんなさい。もう一度お願いできますか」

「ええけど、ちびっと高《たこ》うつきますえ」

「今度来るとき、なんでも好きな手土産持って来ますからお願いします」

なんともはや、ただただ平身低頭《へいしんていとう》するばかりであった。

美都子が紹介した京都の名水

著者紹介
志賀内泰弘（しがない　やすひろ）

作家。

世の中を思いやりでいっぱいにする「プチ紳士・プチ淑女を探せ！」運動代表。月刊紙「プチ紳士からの手紙」編集長も務める。

人のご縁の大切さを後進に導く「志賀内人脈塾」主宰。

思わず人に話したくなる感動的な「ちょっといい話」を新聞・雑誌・Ｗｅｂなどでほぼ毎日連載中。その数は数千におよぶ。

ハートウォーミングな「泣ける」小説のファンは多く、「元気が出た」という便りはひきもきらない。

ＴＶ・ラジオドラマ化多数。

著書『5分で涙があふれて止まらないお話　七転び八起きの人びと』（ＰＨＰ研究所）は、全国多数の有名私立中学の入試問題に採用。

他に「京都祇園もも吉庵のあまから帖」シリーズ（PHP文芸文庫）、『№1トヨタの心づかい　レクサス星が丘の流儀』『№1トヨタのおもてなし　レクサス星が丘の奇跡』『なぜ、あの人の周りに人が集まるのか？』（以上、PHP研究所）、『眠る前5分で読める　心がスーッと軽くなるいい話』（イースト・プレス）、『365日の親孝行』（リベラル社）などがある。


目次、登場人物紹介、扉デザイン――小川恵子（瀬戸内デザイン）

本書は、月刊『PHP』（2020年1月号）、PHP増刊号（2022年4月、5月、7月）に掲載された「京都祇園『もも吉庵』のあまから帖」に大幅な加筆をおこない、書き下ろし「溜息を つけば幸せ花吹雪」を加え書籍化したものです。

ＰＨＰ文芸文庫　京都祇園もも吉庵のあまから帖５

2022年６月22日　第１版第１刷
2022年８月２日　第１版第２刷

著　者　志賀内泰弘
発行者　永田貴之
発行所　株式会社ＰＨＰ研究所
東京本部　〒135-8137　江東区豊洲5-6-52
第三制作部　☎03-3520-9620（編集）
普及部　☎03-3520-9630（販売）
京都本部　〒601-8411　京都市南区西九条北ノ内町11
PHP INTERFACE　https://www.php.co.jp/
組　版　有限会社エヴリ・シンク
印刷所　図書印刷株式会社
製本所　東京美術紙工協業組合

ISBN978-4-569-90215-9

PHP文芸文庫

京都祇園もも吉庵のあまから帖

志賀内泰弘 著

京都祇園には、元芸妓の女将が営む「一見さんお断り」の甘味処があるという——。ときにほろ苦くも心あたたまる、感動の連作短編集。

PHP文芸文庫

京都祇園もも吉庵のあまから帖2

志賀内泰弘　著

もも吉の娘・美都子の出生の秘密とは？

京都祇園の甘味処「もも吉庵」を舞台に繰り広げられる、味わい深い連作短編集、待望の第二巻。

PHP文芸文庫

京都祇園もも吉庵のあまから帖3

志賀内泰弘　著

忽然と姿を消したかつての人気役者が祇園に現れたわけとは？　祇園の甘味処に集う人々の哀歓を描いた人情物語、急展開の第三巻。

PHP文芸文庫

京都祇園もも吉庵のあまから帖4

志賀内泰弘 著

京都南禅寺のホテルで無銭飲食をしようとしていた男を見たもも吉は……。祇園の甘味処に集う人々の悲喜交々を描くシリーズ第四巻。

PHP文芸文庫

第6回京都本大賞受賞作

異邦人《いりびと》

原田マハ 著

京都の移ろう四季を背景に、若き画家の才能をめぐる人々の「業」を描いた著者新境地のアート小説にして衝撃作。

PHP文芸文庫

京都東山「お悩み相談」人力車

キタハラ 著

夢は捨てた。彼女にも愛想をつかされた。唯一残った人力車夫の仕事で、彼は京を走る！　軽快な筆致で描く、人生宙ぶらりん男の再生物語。

PHP文芸文庫

京都下鴨《しもがも》なぞとき写真帖(1)〜(2)

柏井 壽 著

ふだんは老舗料亭のさえない主人でも、ひとたびカメラを持てば……。美食の写真家・金田一ムートンが京都を舞台に様々な謎を解くシリーズ。

PHP文芸文庫

京都西陣なごみ植物店（1）〜（4）

仲町六絵 著

「植物の探偵」を名乗る店員と植物園の職員が、あなたの周りの草花にまつわる悩みを解決します！　京都を舞台にした連作ミステリーシリーズ。

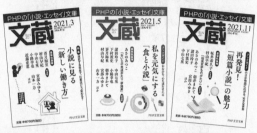